전사가 된 소녀들

바이칼 014

전사가 된 소녀들

김소연 윤해연
윤혜숙 정명섭
역사테마소설집

서유재

| 차례 |

윤혜숙

한국콘텐츠진흥원 원작 소설 창작 과정에 선정됐으며, 한우리청소년문학상과 경기
문화재단 창작지원금을 두 차례 받았다.『뽀이들이 온다』,『계회도 살인 사건』,『괴불
주머니』,『말을 캐는 시간』,『보호종료』를 썼고『격리된 아이』,『광장에 서다』,『대한
독립 만세』등을 함께 썼다.

미늘갑옷

가야의 여전사

달래

구릉을 기어 올라온 눅진한 바닷바람이 달래의 코끝을 간질였다. 풀들이 낮게 누웠다 일어났다. 멀리서 적막을 깨뜨리는 곡괭이와 쇠망치 소리, 돌 캐는 인부들의 고함 소리가 들려왔다. 철기방이 있는 생금마을의 한낮은 늘 시끌벅적했다. 막 나락이 패기 시작한 너른 논 너머로 높다란 망루와 다락 창고들이 보였다. 달래는 팔을 벌려 깊이 숨을 들이쉬었다. 멀리 작은 점 하나가 경쾌한 말발굽 소리를 내며 달려왔다. 달래의 입이 슬며시 벌어졌다.

"꼴삐는 진짜 고집쟁이 맞아."

하루가 장난스럽게 꼴삐의 긴 다리를 채찍으로 내리치는 시늉을 했다. 꼴삐는 내키지 않으면 며칠이고 한자리에서 움쩍도 하지 않은 채 굶었다. 고집쟁이라는 이름처럼 꼴삐는 별나게 까탈스러웠다.

"그래도 너한테는 고분고분한 것 같던데."

"보통 때엔 그렇지만 아까는 여간 아니었다니까. 여태 헤매다가 간신히 찾았어."

"마갑을 채우니까 그렇지. 새삼스럽게 왜 그랬어?"

달래는 어두워지는 하루의 얼굴을 놓치지 않았다. 한참 동안 머뭇대던 하루가 입을 뗐다.

"그게…… 흥덕 님이 꼴삐를 데려가겠다고 해서."

"자기가 무슨 권리로?"

"원래부터 기마부대 소속이었다면서 이제부터라도 제대로 훈련을 시키겠다는 거야. 그 말을 들으니까 마갑에 익숙해지도록 도와줘야 할 것 같아서. 지금처럼 달아나다가 험한 일 당하면 큰일이잖아."

하루는 꼴삐의 검붉은 갈기를 다정하게 쓰다듬었다. 흥덕이 꼴삐를 빼앗아가겠다면 아버지 모연도 어쩔 수 없을 것이다. 아버지의 철기방 역시 촌주에 속해 있기 때문이었다.

'꼴삐한테 맞는 마갑을 만들어야겠어.'

달래는 그런 생각을 하면서 꼴삐의 등에 가만히 손을 얹었다. 달래의 마음을 알기라도 하는 듯 꼴삐가 고개를 쳐들고 '히이잉' 울음소리를 냈다.

"난 아직도 꼴삐가 살아 돌아온 게 믿기지 않아. 아무래도 꼴삐랑 넌 전생에 아버지와 아들이었나 봐."

"설마, 말도 안 돼."

말은 그렇게 해도 하루의 눈에는 웃음기가 감돌았다. 싫지 않은 모양이었다. 달래는 철기방이나 마방 식구 누구의 말도 듣지 않던 꼴삐가 하루한테만은 고분고분한 걸 보면 정말 그럴지도 모르겠다는 생각이 들었다.

"오랜만에 달려 볼래?"

하루가 발걸이 옆으로 비켜섰다. 달래는 기다렸다는 듯 발걸이에 발을 올렸다.

*

두 해 전 백제가 금관국으로 쳐들어왔다. 오랫동안 왜와 무역을 해 왔던 백제로서는 가야의 번성이 눈엣가시였다. 무엇보다 금관국의 제철 기술과 부두를 탐냈다. 생금마을에는 덩이쇠*를 포함해 철제품을 거래하는 부두가 있다. 덩이쇠를 세로로 자르면 도끼날 두 개가 생기고 가로로 잘게 자르면 꺾쇠, 창, 화살촉, 못 같은 것을 만들 수 있다. 철기방에서는 용도에 따라 잘라서

---

* 가운데로 갈수록 잘록해지는 간단한 모양의 쇠판. 삼국 시대 무덤에서 주로 나온다.

쓸 수 있게 덩이쇠의 양끝을 침탄 처리한다. 덩이쇠는 철제품을 만드는 재료이기도 하지만 화폐로도 가치가 높다. 제철 기술이 떨어지는 중국이나 왜 같은 곳에서 최고 상품으로 쳐주는 만큼 자기네 나라 안에서 물건을 사고팔 때도 덩이쇠로 값을 치렀다. 백제는 부두를 먼저 손아귀에 넣은 다음 철기방 기술자들을 하나둘 포섭할 계획이었다.

생금마을 젊은 전사들은 금관국 수호를 위해 칼을 들었다. 마을의 기마부대도 출전을 위해 막바지 준비에 돌입했다. 철기방도 덩달아 바빠졌다.

철기방에서 만든 종장판갑옷*은 누구나 탐낼 만큼 최상의 품질을 자랑했다. 판갑옷으로 완전무장한 가야의 기마부대는 백제, 신라, 고구려 삼국의 틈바구니에서 가야를 지켜 내는 힘이었다. 이번에 출전할 가야 전사들 모두 철기방에서 제작한 갑옷과 투구, 칼과 화살로 무장할 예정이었다.

"네가 어쩐 일이야?"

새비 아저씨가 집게로 잡은 쇳덩이를 모루**에 놓으며 소리쳤다. 쇠망치를 높이 들 때마다 팔뚝의 알통이 불끈불끈 솟았다.

아버지가 더무를 철기방 후계자로 정했을 때 새비 아저씨는

---

* 삼국 시대에, 무사들이 상반신을 보호하기 위하여 입던 쇠로 만든 갑옷. 앞면에 쇠붙이 판을 박아 만든 것으로, 신라와 가야에서만 출토되었다. 판갑옷이라고도 한다.
** 대장간에서 달군 쇠를 올려놓고 두드릴 때 받침으로 쓰는 쇳덩이.

자기 같은 늙은이보다 힘세고 눈썰미 좋은 더무가 제격이라며 미안해하는 아버지를 오히려 머쓱하게 만들었다. 새비 아저씨는 아버지의 그늘에 가려 늘 철기방의 이인자였다. 아버지가 담금질을 할 때 촌주를 따라 무역선의 선주들을 상대하는 것은 늘 새비 아저씨의 몫이었다.

"요즘도 흥덕이 집적거리냐?"

"저 혼자 날뛰는 거예요. 난 관심 없어요."

"제 형 기덕의 반만 돼도 좋을 텐테 하는 짓을 보면 영 그른 것 같다만. 철기방을 넘보지나 말았으면 좋겠구먼."

새비 아저씨가 말꼬리를 길게 뺐다.

흥덕이 아무리 날뛰어도 철기방의 제련 기술은 이웃 나라들은 물론 중국과 왜에서도 부러워할 수준이어서 굳이 촌주에게 아쉬운 소리를 할 이유는 없었다. 아버지가 흔들리지 않게 아저씨가 잘 붙잡아 달라는 말은 꺼내지도 못했다. 기마부대의 대장인 기덕이 철기방에 나타났기 때문이었다. 달래는 뒤따라 들어오는 아버지를 보고 하마터면 까무라칠 뻔했다.

"여기 들락거리지 말라고 한 아비 말을 거역할 셈이냐?"

"내가 할 말이 있어서 오라고 했네."

새비 아저씨가 얼른 달래 편을 들었다. 한껏 사나워진 모연의 눈초리가 조금 가라앉았다.

"나도 철기방에서 일하고 싶어. 힘은 좀 달려도 여자들이 잘

할 수 있는 것도 있잖아."

"예를 들면 어떤 거?"

"바늘이나 가위 같은 것은 아무래도 쓸 일이 많은 여자들이
더 손에 맞춤하게 만들 수 있지 않을까?"

그럴 수도 있겠다며 더무는 모연이 자리를 비우는 날엔 달
래가 철기방에 드나들 수 있게 해 주었다. 더무가 새비 아저씨
와 철기방 식구들을 어떻게 구워 삶았는지 달래가 이것저것 묻
거나 작은 쇠망치를 들고 철판을 만들겠다 덤벼도 싫은 내색을
하지 않았다. 달래는 무슨 말이든 진지하게 들어주는 더무가
좋았다.

"더무에게 들라고 해라."

차를 준비하겠다는 달래의 말에 아버지가 굳은 얼굴로 말했
다. 얼추 돌아올 때가 됐다며 새비 아저씨가 사립문 밖에 나가
보라는 눈짓을 보냈다. 더무를 찾으러 가는 내내 달래는 바람
속에서 말발굽 소리를 들으려고 애썼다.

"왜 여기까지 나와 있어? 무슨 일 있는 거야?"

달래는 꼴삐의 발굽에서 떨어지는 모래들을 보느라 더무의
말을 듣는 둥 마는 둥 했다. 더무는 칼싸움이나 활쏘기보다 거
푸집에 쇳물을 붓고 덩이쇠를 연마하는 것을 더 좋아했다. 철기
방 사람들은 더무가 하늘이 내린 철장이라고 했다. 그런 더무가
딱 하나 빼놓지 않는 일과가 저녁나절 꼴삐와 함께 백사장을 달

리는 것이었다.

더무가 들어간 후 달래는 방에서 새어 나오는 말소리에 귀를 쫑긋 세웠다.

"어르신, 나라의 안위도 중요하지만 철기방을 지키는 것도 중요한 일입니다. 더무는 굳이 출전하지 않아도 됩니다."

"가야가 있어야 철기방도 있는 거지. 우리 전사들이 이곳 철기방에서 만든 갑옷을 입고 출전하는 건 영광이네."

찻잔을 든 달래의 손이 떨렸다. 무슨 생각인지 더무는 아무 말도 하지 않았다.

'나가지 않겠다고 한마디만 하면 될 걸 왜 가만있는 거야?'

달래는 잠자코 있는 더무에게 화가 났다.

"더무야, 어떤 선택을 하든 네 결정을 존중하겠지만 군마였던 꼴삐는 이제 나한테 돌려주면 안 되겠냐?"

"꼴삐는 마갑 입는 걸 싫어합니다."

"해 보지 않아 그런 거겠지. 그런 문제라면 마방의 조련사가 잘 알아서 할 거다."

"그건 기덕의 말이 옳아. 그만 꼴삐를 돌려주도록 해라."

"안 됩니다. 그건 꼴삐를 사지로 내모는 겁니다. 차라리……."

"네가 꼴삐를 어찌 생각하는지 안다만 고집만 피울 일이 아니야. 내일이라도 당장 꼴삐를 보내도록 해."

모연의 말이 떨어지기 무섭게 더무가 말했다.

"꼭 보내야 한다면 제가 꼴삐와 함께 가겠습니다."

그 한마디로 더무의 출전이 결정되었다. 기덕은 출전일까지는 시간이 있으니 다시 한번 생각해 보라는 말을 남기고 떠났다.

"아버지는 왜 한번도 오라버니를 말리지 않는 거예요?"

달래가 참고 있던 말을 터뜨렸다. 더무가 아들이면 그렇게 했겠냐는 말까지는 차마 하지 못했다.

"더무가 결정한 일이다. 네가 나설 일이 아니야. 철기방의 후계자답게 의연하고 당당한 모습을 보여 줄 거라고 믿는다."

아버지의 말에 더무는 입을 굳게 다물었다.

더무가 출전한 후 달래는 꼴삐와 함께 백사장을 달리는 더무를 꿈에서 보았다. 전투에서 기덕이 죽고 더무가 흔적도 없이 사라졌다는 말을 듣고도 달래는 더무의 죽음을 믿을 수 없었다.

*

한 해가 훨씬 지난 어느 날 하루와 함께 꼴삐가 돌아왔을 때 사람들은 눈을 의심했다.

"꼴삐가 돌아왔어."

철기방에서 일하는 새비 아저씨가 그렇게 소리쳤을 때도 달래는 믿지 않았다.

"네가 확인해야 한다니까. 더무 말고는 그 녀석이 따르는 사람이 너뿐이잖아?"

새비는 새우만큼이나 작은 눈을 치뜨며 달래를 채근했다. 꼴 삐가 있다는 마을 어귀로 가는 내내 달래는 꼴삐가 아니라 더무가 돌아왔기를 바라고 또 바랐다. 한눈에도 꼴삐 옆에 서 있는 하루는 금방이라도 쓰러질 듯한 몰골이었다. 얼마나 걸어왔는지 땀과 먼지를 뒤집어쓴 윗도리는 아랫단까지 다 해진 데다 신발도 닳아서 거의 맨발이나 다름없었다.

산딸 고모도 소식을 듣고 달려왔다.

"우리 더무를 봤느냐? 꼴삐가 살아 돌아왔으니 내 아들도 살아 있다는 건데……."

"그 사람 이름이 더무였군요."

하루의 눈에 금방 그렁그렁 눈물이 차올랐다.

"이 고사리 문양도 여기에서 만든 게 맞습니까?"

하루가 말안장에 매달린 봇짐을 뒤져 투구를 내밀었다. 투구를 받아든 모연은 한참 들여다본 후 산딸 고모에게 내밀었다. 고사리 문양은 모연의 철기방에서 제작하는 판갑옷과 투구, 칼자루에 새겨 넣는 문양이었다.

"더무가 만든 게 맞아, 맞는데…… 그럼 우리 더무는……."

말을 채 끝맺지 못하고 산딸 고모는 그대로 정신을 잃었다. 산딸 고모를 집으로 옮기자는 철기방 아저씨들 뒤를 말고삐를 잡은 하루도 묵묵히 따라갔다. 더무와는 어디 하나 닮은 구석이 없는데도 달래는 이상하게 하루에게 마음이 쓰였다.

하루는 백제 전투에 참가했던 이웃 가야인이었다. 전쟁에서 패한 후 하루를 포함한 많은 가야인들이 백제군의 포로가 되었다. 포로들의 움막 근처에 꼴삐가 나타난 것도 그 무렵이었다. 다들 주인을 찾아온 말이라고 쑥덕댔지만 누구 하나 주인이라고 나서는 이가 없었다. 하루 옆자리에 누워 있던 포로가 꼴삐에게 돌팔매질을 해 달라고 부탁했다. 잡혀서 전쟁터로 끌려가면 안 된다는 것이었다.

"그 포로가 더무라면 살아 있겠구나?"

아버지가 조심스럽게 물었다.

"제가 마지막으로 봤을 때는 부상이 심했어요. 화살에 맞은 어깨가 썩어 가고 있었거든요."

아버지와 철기방 사람들의 입에서 신음 소리가 새어 나왔다. 달래는 산딸 고모가 그 말을 듣지 못하는 게 다행스러웠다.

"그럼 어떻게 꼴삐를 데리고 왔지?"

옆에 있던 흥덕이 의심 가득한 눈빛을 하고 물었다.

"꼴삐를 탐낸 백제 장수가 생포하라고 했어요. 그 말을 들은 그 포로가 저한테 꼴삐를 데리고 탈출해 달라고 부탁했고요. 이 투구를 만든 철기방을 찾으라고 하면서요."

며칠을 고민하던 하루는 탈출을 결심했다. 어차피 끌려가면 평생 노예로 살아야 하고 이미 백제군에 의해 폐허가 된 고향으로 돌아가 봐야 반겨 줄 가족도 없었다. 감시병이 잠시 한눈을 판 틈을 타 하루는 도망쳤다. 뒤쫓아온 군졸에게 잡히려는 순간 눈앞에 꼴삐가 나타났다. 그렇게 꼴삐와 함께 가야 땅을 샅샅이 뒤져 여기까지 왔다고 했다. 농사일이든 바닷일이든 무엇이라도 할 테니 꼴삐와 함께할 수 있게만 해 달라며 하루는 바닥에 엎드렸다.

"그건 안 돼. 백제군에게 매수된 첩자일지도 모르는 널 무얼 믿고."

홍덕이 하루를 노려보며 말했다. 그때까지 꼴삐를 데리고 와 줘서 고맙다던 사람들의 눈초리도 덩달아 뾰족해졌다. 누구 하나 하루를 편드는 사람이 없었다. 홍덕이 몽둥이질이라도 해서 자백을 받아 내자며 사람들을 부추겼다. 촌주의 아들이 그렇게 나오니 사람들도 거들고 나설 수밖에 없었다. 촌주는 마을을 대표하는 사람이었고 하늘이 정한 사람이었다. 촌주의 의견이 곧 모두의 의견이었다.

곧이어 마당에 멍석이 깔렸다. 어느새 젊은이들 손에는 저마다 몽둥이가 들려 있었다. 파랗게 질린 얼굴과 달리 하루는 의외로 담담했다.

"이러다 저 아이가 죽겠소."

새비 아저씨가 방 안으로 고개를 들이밀고 소리쳤다.

"왜요?"

"홍덕이 저 아이한테서 백제 첩자라는 자백을 받아 내겠다고 설치니 어쩌겠냐?"

여섯 개 나라로 갈라져 있지만 가야인은 모두 수로왕의 후손이라고 믿는 달래는 사람들의 행동을 이해할 수 없었다. 더구나 저 아이는 꼴삐를 이곳까지 데려오지 않았는가?

"더무 오빠한테만 곁을 내주던 꼴삐였잖아요? 저렇게 따르는 걸 보면 나쁜 애는 아닌 것 같아요."

달래 말을 듣기라도 한 듯 산딸 고모가 벌떡 일어나 바깥으로 뛰어나갔다.

"그 아이한테 손끝 하나라도 대면 여기에서 콱 죽어 버릴 거예요."

비척거리며 소리치는 산딸 고모 때문에 사람들은 들었던 몽둥이를 슬그머니 내렸다.

"나도 산딸 누이의 결정을 존중해야 한다고 생각하오. 이 아이가 첩자라면 백제 상황도 알 수 있으니 우리에게 유리하면 유리했지 해될 일은 아니지 않겠소?"

새비 아저씨와 철기방 사람들이 나서서 길길이 날뛰던 홍덕을 주저앉혔다.

그렇게 하루는 산딸 고모의 아들이 되었다.

"철기방 일은 할 만해?"

달래의 말에 하루가 크게 고개를 끄덕였다. 얼마 전부터 하루는 풀무질에서 벗어나 덩이쇠를 만들고 있었다.

"꼴삐는 마갑을 하면 안 되는 몸인가 봐. 여기 이 상처도 마갑 때문에 생긴 것 같고."

하루의 말에 달래는 말 옆구리를 덮은 털을 들어 보았다. 생긴 지 얼마 되지 않은 상처였다.

"옆가슴이 기형이어서 그런 거야. 그래서 더무 오라버니도 꼴삐한테는 마갑을 안 입혔어."

달래는 더무를 떠올리며 꼴삐의 옆가슴을 오래도록 쓰다듬었다.

"다시 마갑을 하면 상처가 또 생길 텐데……."

하루도 웅얼거리며 말갈기를 찬찬히 쓸어내렸다. 제 얘기를 하는 줄 아는지 꼴삐가 고개를 휘둘렀다. 달래는 꼴삐가 화살이 빗발치는 전장에서 살아남은 것도, 포로들을 뒤쫓아간 것도, 이곳으로 하루를 데리고 온 것도 모두 더무가 시킨 일 같았다.

"꼴삐한테 맞는 마갑을 만들어 주고 싶어. 네가 도와주면 가능할 거야."

하루의 눈이 동그래졌다.

"꼴삐를 위한 일이라면 당연히 도와야지. 판갑으로 만들면 안 될 것 같은데 뭐 생각해 둔 거라도 있어?"

달래는 지금은 아니지만 곧 좋은 방법이 생각날 거라며 웃었다.

달래는 꼴삐에게 적당한 마갑을 만들 생각으로 머릿속이 드글드글했다. 철기방에서 해 오던 방식으로는 안 될 일이었다. 뭔가 새로운 방법을 찾아야 했다.

'늘 해답은 가까운 곳에 있다고 그랬어.'

달래는 도움이 될까 싶어 들판으로 바닷가로 쏘다녔다. 꼴삐가 있는 마굿간에도 여러 번 들락거렸다. 꼴삐라면 대답을 줄 것 같아서였다. 꼴삐와 눈을 맞추고 잔등을 쓰다듬고 끌어안아 보기도 했다.

벌써 해가 하늘 한가운데 떠올라 있었다. 달래는 신발이 벗겨질 만큼 빠르게 들판을 달렸다. 철기방 사람들이 노천광산에서 내려오기 전에 점심밥을 준비해야 했다.

막 마당에 들어서는데 홍덕이 주춤대며 일어났다.

"어디 다녀오는 길인가 보군."

기다린 시간이 길었는지 홍덕이 콧등을 찌푸리며 빈정댔다. 달래가 홍덕 쪽을 향해 행주 빤 물을 내뿌렸다. 그 바람에 홍덕이 앞으로 고꾸라질 뻔했다. 얼굴이 벌게진 홍덕이 불쑥 투구를 벗어 내보였다.

'이 더운 날 투구까지 쓰고 난리람.'

달래는 손에 있는 물기까지 탈탈 털어 내고는 돌아섰다.

"촌주 어른 말씀이 이번 거래에서도 왜 상단이 판갑옷과 투구를 엄청 많이 주문했대. 물론 그 거래를 성사시킨 건 나지만."

달래가 들은 척도 않자 홍덕은 몸이 달았다.

"우리 생금마을에 유명한 게 딱 두 가지 있는데 그게 뭔 줄 알아?"

달래 옆에 쭈그려 앉으며 홍덕이 빙글빙글 웃었다. 엉거주춤 앉은 홍덕의 꼴이 궁상맞았다.

"철기방 모연 어른과 가야 최고의 전사 홍덕이지. 벌써 두 가문이 곧 가족이 된다는 소문이 짜하게 퍼졌다는데 넌 거기에 대해 어떻게 생각하나?"

"뭘 어떻게 생각해? 그런 헛소문을 내는 놈들을 패 주지 않은 게 더 이상한 거지."

달래가 쌀을 박박 문지르며 쏘아붙였다.

"다들 나한테 시집오겠다고 줄 섰는데 너무 가만히 있는 거 아냐?"

홍덕은 대장장이의 딸이 촌주 아들과 결혼한다는 건 굉장한 일 아니냐며 거들먹거렸다.

"그런 헛소리에 가만있지 그럼 어떡해?"

달래는 쌀뜨물이 말갛게 되도록 물을 몇 번이나 갈았다. 한참 조용하던 흥덕이 골난 목소리로 말했다.

"너 그 배신자 때문에 그러는 거야?"

"하루가 배신자라는 증거 있어? 하루는 우리 가족이야. 산딸 고모의 아들이라고."

흥덕의 얼굴이 벌겋게 달아올랐다. 달래는 흥덕에게 확실하게 제 마음을 말해야겠다는 생각에 정색했다.

"난 아직 할 일이 많고 혼인 같은 건 생각 없어. 그쪽하고는 더더욱. 그리고 꼴삐는 더무 오빠의 말이었으니까 꼴삐 데려가고 싶으면 하루한테 허락받아."

"내 앞에서 한 번만 더 그 녀석 편들면 나도 더는 못 참아. 그러니까 조심하는 게 좋을 거야."

달래는 흥덕을 흘겨본 후 쌀 함지박을 들고 일어섰다.

"방장 어른한테 내일쯤 철기방으로 뵈러 가겠다고 전해 줘. 하루한테도 내 눈에 띄지 말라고 단단히 일러 주고."

흥덕이 그렇게 내뱉고는 마당을 나갔다. 제풀에 저러다 말겠지 싶으면서도 달래는 분을 참지 못하고 씩씩댔다.

"밥은 다 돼 가?"

"안치기만 하면 돼요."

"흥덕이 왔나 보던데?"

"왜 자꾸 들락거리는지, 귀찮아 죽겠어요."

"제 형과는 영 딴판이야. 촌주님 믿고 요즘은 철기방 일에도 끼어드는 모양이더라."

산딸 고모가 화롯불을 피웠다. 마른풀 냄새가 이내 코끝에 닿았다.

"청어는 소금구이가 최고지."

산딸 고모가 청어가 담긴 나무 함지를 내밀었다. 달래의 입이 벙글어졌다.

"이 귀한 걸 어디에서 구했어요?"

"굽다리접시 수리해 준 답례로 받아 왔다고 그러던데. 하여튼 우리 아들이지만 하루 손재주는 알아줘야 해. 아무래도 더무가 제 엄마 외로울까 싶어 대신 보냈나 싶다니까."

산딸 고모는 드러내 놓고 하루를 아들이라고 불렀다. 처음엔 그런 산딸 고모가 너무 빨리 더무를 잊어버린 것 같아 달래는 섭섭했다.

달궈진 석쇠에 청어를 올리려고 하자 산딸 고모가 잠깐만 기다리라며 부엌으로 향했다. 잠시 후 도마와 칼을 들고 나온 산딸 고모는 도마 위에 청어를 올렸다.

"청어는 비늘을 벗기고 구워야 해."

칼이 움직일 때마다 비늘이 튀어 올랐다. 손등에 달라붙은 비늘을 떼어 내던 달래의 손이 문득 멈췄다.

"고모, 물고기에 왜 비늘이 있을까요?"

"갑자기 뚱딴지같은 소리는……."

산딸 고모가 달래의 심각한 얼굴을 쳐다보았다.

"연하고 부드러운 살을 보호하려고? 그런 게 왜 궁금할까? 너도 참 엉뚱하구나."

"이렇게 딱딱한 비늘이 붙어 있는데도 물고기의 살이 부드러운 게 신기해요."

달래의 얼굴에 희미한 미소가 떠올랐다.

달래는 일찍 철기방에 가 볼 생각이었다. 하루한테 부탁할 일이 있었다. 배추절임과 나물무침을 굽다리접시에 옮겨 담았다. 밥그릇과 작은 종지, 굽다리접시까지 나무함지 안에 놓고 양념한 국거리를 담은 주전자도 챙겼다. 노*에 남은 잔불로 나물국을 끓일 생각이었다.

하루가 입구까지 뛰어나와 함지를 받아 주었다. 달래를 본 사람들이 새비 아저씨를 따라 이마의 땀을 훔치며 하나둘 평상 주위로 모였다.

"오늘은 점심이 이르네. 안 그래도 출출하던 참인데…… 혹시 술은 없나?"

노에서 나오는 열기 때문에 다들 소매를 걷어붙이고 옷섶까

---

* 가공할 원료를 넣고 열로 녹이거나 굽거나 하는 시설. 용광로.

지 풀어헤쳤다. 늘 보던 모습이라 아무렇지 않은데도 새비 아저씨가 새삼스럽게 옷섶을 여미며 말했다.

"땀 좀 식힌 다음에 일하도록 하세."

달래가 상을 차리는 사이 하루가 주전자를 들고 풀무 앞으로 갔다. 한두 번 해 본 일이 아닌 듯 하루는 독 안의 물을 길어다 화로 위에 놓인 토기 안을 채웠다.

화로 앞에서 하루가 부채로 숯불을 살렸다. 달래는 걸음마를 배울 때부터 본 광경인데도 시꺼먼 돌멩이를 녹여 쇳물을 받고 그걸 굳혀 호미, 칼, 쟁기 같은 농기구와 갑옷, 투구를 만드는 게 늘 신기했다.

노천광산에서 캐 온 철광석을 녹이는 노 앞에 놓여 있는 디딤풀무 위에 달래는 슬며시 발을 올렸다. 혼자서 돌리는 풀무보다 디딤풀무는 여러 사람이 함께하기 때문에 수십 배 강한 바람을 일으켰다. 노 위쪽의 커다란 구멍 안으로 아저씨들이 숯을 쏟아부으면 풀무질로 송풍관에 바람을 불어 넣어 노의 온도를 높였다. 바람과 불에 단단하던 돌멩이가 노글노글해지며 노 한쪽에 뚫린 배출로로 쇳물이 흘러나왔다. 노의 온도가 높을수록 철 성분과 불순물이 잘 분리되기 때문에 풀무질에는 힘센 일꾼이 필요했다. 돌대야 안에 검은 듯 투명한 쇳물이 고이는 것을 보면 저도 모르게 입에서 탄성이 나왔다.

"냄새가 아주 좋아."

하루가 부채질을 멈추고 코를 킁킁댔다.

"밥 빨리 먹고 나랑 얘기 좀 해."

"너 방법을 찾았구나?"

"내 속에 들어갔다 온 것같이 말하네."

그 말에 하루의 얼굴이 발갛게 달아올랐다.

저녁 무렵에 오라는 하루의 말에 달래는 종일 가슴이 벌렁
거렸다. 정말 생각한 대로 마갑을 만들 수 있을까? 쓸데없는
데 덩이쇠를 낭비했다고 아버지에게 꾸지람을 듣는 건 참을
수 있을 것 같았다. 하지만 하루가 실망하면 어쩌지 하는 마음
에 심란했다.

"조금만 기다려."

하루는 모루 위에 놓인 판갑을 향해 쇠망치를 내리쳤다. 하루
의 구릿빛 팔뚝이 땀으로 번들거렸다. 달래가 하루에게 바투 다
가섰다.

"판갑옷에서 가장 정교하게 만들어야 하는 데가 어딘지 알
아?"

달래의 말에 하루가 쇠망치를 바닥에 내려놓았다.

"쇠판을 얇게 두드려 만든 철판에 구멍을 뚫은 다음 앞뒤판
을 딱 맞추는 쇠못, 또 하나는 두 쪽 내지 세 쪽으로 된 판갑을
입고 벗기 편하게 해 주는 경첩이래."

"철기장님이 그러셨구나?"

"아니, 더무 오라버니가. 못머리는 크고 둥글게 만들어 제대로 압축되게 해 줘야 하고, 경칩은 여러 번 입고 벗어도 망가지지 않게 만들어야 하니까 이 두 가지를 제대로 만들 수 있느냐로 진짜 철장이인지 아닌지 알 수 있다고 그랬어."

"나도 언젠가는 경칩과 쇠못을 만들 수 있겠지?"

하루의 말에 달래는 어깨를 으쓱했다. 첩자라는 둥, 고향에서 큰 죄를 짓고 쫓겨났을 거라는 둥, 온갖 뒷소리에도 달래는 제할 일만 묵묵히 하는 하루가 마음에 들었다.

"하루가 종일 뭘 저렇게 열심히 한다. 좀 쉬라고 해도 귓등으로 듣고."

"달래 온다니까 잘 보이려고 그런 거지, 안 그러냐?"

놀리는 듯한 아저씨의 말에도 하루는 얼굴 표정 하나 안 변했다.

"아저씨들은 그렇게 놀리면 재밌어요?"

달래가 하얗게 눈을 흘겼다.

"둘이 그렇게 서 있으니 꼭 신랑각시 같아서 그러지."

"무슨 헛소리를. 그러다 방장 어른 들으면 어쩌려고?"

"그건 새비 말이 맞네. 홍덕이 달래한테 장가들고 싶어 몸이 바짝 달았다던데."

"철기방과 촌주 두 가문이 서로 혼례를 올리면 그보다 더 좋은 일도 없겠지만 그게 사람 힘으로 되는 일은 아니지."

그 말에 둘러서 있던 아저씨들이 너나없이 달래만 좋다 그러면 되는 거 아니냐며 말추렴을 했다.

"그런 말씀 하지 마세요. 난 시집갈 생각 눈꼽만큼도 없어요."

달래의 입에서 새된 목소리가 튀어나왔다. 괜한 헛소리 하지 말라며 새비 아저씨도 불퉁거렸다. 순전히 달래를 의식한 말이었다.

"어르신은 여기 온 지 얼마나 된다고 하루한테 벌써 망치질을 시키는 건지. 난 풀무질만 삼 년 했잖은가?"

모루 앞 하루를 흘낏 보며 새비 아저씨가 입을 다셨다.

"그거야 자네 손끝이 야무지지 못해서 그런 거지. 난 일 년밖에 안 했구먼."

철기방 최고의 풀무장이 아저씨가 우스갯소리를 했다.

"자네 꼭 저 녀석 앞에서 그 말을 해야 직성이 풀리나. 그래도 명색이 사수인데 그럼 내 꼴이 뭐가 되겠나?"

"전 아저씨를 평생의 스승으로 모실 겁니다."

새비 아저씨가 하루의 어깨를 감싸 안으며 너스레를 떨었다.

"그럼, 그래야지. 자네도 들었지?"

모루 위에 놓인 시뻘겋게 달아오른 쇠의 끝부분을 하루가 탕탕 망치로 내리쳤다. 지켜보던 사람들이 솜씨가 일취월장이라며 하루를 치켜세웠다. 하루가 철판을 집게로 들어 돌대야의 물

속에 집어넣었다.

치지직.

벌겋게 달아오른 철판이 희뿌연 김을 뿜어 냈다. 열기가 달려드는 것 같아 달래는 얼른 몸을 뒤로 뺐다. 하루는 집게로 식은 철판을 들어 모루 위에 놓고 다시 망치질을 했다. 가마솥이나 쟁기를 만들 때 쇳물을 거푸집에 부어 식히는 방법 이외에도 갑옷이나 낫 같은 것은 무른 쇳덩이를 망치로 두드려 만들었다. 차가운 쇠를 두드리느냐 뜨거운 쇠를 두드리느냐에 따라 쇠의 강도가 달라졌다. 그래서 아버지도 쇠망치질이 제일 중요하다고 누누이 강조하는지도 몰랐다.

"저기 잘라 놓은 철조각들 보이지?"

하루가 턱짓으로 한곳을 가리켰다. 모루 옆에 반질반질한 미늘*들이 가지런히 쌓여 있었다.

"이걸로 마갑을 만든다는 거지?"

달래가 고개를 끄덕였지만 하루는 좀체 믿지 않는 눈치였다.

"이거 판갑옷의 철판만큼 단단한 거지?"

철조각 하나를 들고 요리조리 돌려보며 달래가 물었다. 하루는 쇳물에 숯가루를 넣었고 담금질도 몇 번 더 했다고 했다. 달

---

* 갑옷에 다는 비늘 모양의 철조각.

래가 하라는 대로 작은 철조각 윗부분 가운데에 일정한 크기의 구멍을 뚫어 두었다. 하루는 그 일을 하느라 쪽방에서 며칠 밤을 새웠다는 말은 하지 않았다. 기대 이상이라며 달래가 고생했다는 말을 몇 번이나 했다. 칭찬받은 것이 머쓱했는지 하루가 뒷머리를 긁적였다.

하루가 철조각 하나를 집어 들었다. 손끝으로 밀어도 보고 한쪽 눈을 감고 철조각을 앞뒤로 살피는 하루의 표정이 자못 진지했다.

"몇 조각은 날카로운 부분이 있네."

꼴삐가 마갑에 쓸려서 상처가 났으니 모서리 부분을 날카롭지 않게 마무리하는 게 필요했다.

"다시 한번 끝을 다듬어야겠어. 방법이 있을 거야."

달래의 마음을 들여다보기라도 한 듯 하루가 웅얼거렸다. 잠시 후 바깥에 나갔던 하루가 커다란 돌덩이를 들고 들어왔다.

"이거면 되지 않을까?"

손가락을 대 보니 사포를 만진 것처럼 표면이 꺼끌꺼끌한 숫돌이었다. 바닥에 털퍼덕 앉은 하루는 쌓인 미늘의 모서리를 일일이 숫돌에 갈았다. 달래는 하루가 건네는 미늘을 물에 씻고 마른 천으로 닦았다.

괜찮다는데도 하루는 굳이 철조각들을 집까지 져다 주었다.

"혼자서 할 수 있겠어? 내가 도와줘도 되는데."

"이것만으로도 충분히 도움을 받았는걸 뭐. 나머지는 나 혼자 해 보고 싶어."

이웃 사람들 눈에 띄어 흥덕 귀에 들어가면 곤란해진다는 걸 하루도 눈치로 알아챈 모양이었다.

"사흘 뒤에 올래?"

"응?"

"너도 미늘마갑 보고 싶은 거 아냐?"

"그게 미늘마갑이야?"

"응. 철조각인 미늘로 만든 말 갑옷이니까."

"미늘마갑, 이름 괜찮은데."

하루는 어떻게 마갑을 만들지 궁금하다며 주섬주섬 일어났다. 하루가 나간 후 달래는 쇠심줄 가죽끈으로 미늘을 엮었다. 달래는 철기방 식구들의 식사를 챙기고 집안일 하는 걸 빼고는 미늘마갑을 만드는 데 매달렸다. 여러 가지 방식으로 바꿔 가며 미늘을 엮고 또 엮었다. 아래에 있는 미늘이 위 미늘과 매끈하게 겹치도록 신경을 썼다. 반복적인 작업이었지만 지루할 틈이 없었다. 미늘을 다 엮은 다음에는 안쪽에 무두질한 부드러운 가죽을 덧댔다. 원하는 마갑 모양이 나오는 데 꼬박 이틀이 걸렸다.

사흘 되는 날 하루가 집에 왔다. 철기방에서부터 뛰어왔는지 하루가 거친 숨을 몰아쉬었다.

"천천히 오지. 철기방 어른들은 다들 부두로 가셨겠네?"

그날은 판갑옷과 마구, 덩이쇠를 사기 위해 왜선이 들어오는 날이었다. 지금쯤 촌주는 마을 사람들과 함께 손님 맞이할 채비를 하고 있을 터였다. 철기방 사람들도 덩이쇠와 판갑옷과 투구를 신고 부두로 떠났을 것이다.

"판갑옷보다 두껍고 무게도 더 나가는 것 같은데 뭔가 달라. 부드러운 게……."

평상 위에 놓인 마갑을 번쩍 들며 하루가 혀를 내둘렀다. 하루가 높이 쳐들자 마갑의 미늘들이 아래로 축 처졌다. 달래의 얼굴에 웃음이 번졌다.

"맞아. 판갑옷은 얇아도 입고 벗기 힘들고 활동성이 없잖아. 하지만 이건 작은 미늘 조각으로 돼 있어 옷을 걸친 것처럼 편할 거야. 다음에는 미늘의 두께와 강도에 더 신경써야겠어. 얇아도 단단하게 만드는 게 관건인 것 같으니까."

"기마 전사들한테도 이걸 입히면 좋겠다. 몸을 마음대로 움직일 수 있을 테니 죽거나 다치는 일도 줄어들 것 같은데?"

하루의 말에 달래는 미늘이 몸에 닿는 순간 자연스럽게 곡선을 만들어 주기 때문이라고 덧붙였다.

"정말 놀라워. 어떻게 이런 생각을 해냈어?"

하루가 연신 감탄하자 달래도 절로 어깨가 으쓱해졌다.

"이게 다 네 덕분이야."

"나?"

"저번에 네가 얻어 온 청어 있었잖아?"

하루가 달래의 말을 못 알아듣고 어리둥절한 표정을 지었다.

"그날 청어를 구우려고 비늘을 긁어내는데, 갑자기 비늘 모양을 한 마갑을 만들면 어떨까 그런 생각이 드는 거야."

"정말 청어 비늘을 보고 이걸 생각했다고?"

하루는 믿기지 않는다는 듯 마갑의 미늘을 하나하나 들춰 보았다.

"궁하면 통한다는 말이 맞나 봐."

"물고기를 보고 아무나 이런 걸 생각해 내는 건 아니잖아? 어쨌든 대단해."

"더 좋은 점이 뭔지 알아? 판갑옷은 경첩이 떨어지거나 쇠못이 빠지면 못 쓰게 되지만 이 갑옷은 망가진 미늘만 바꿔 주고 가죽끈으로 다시 엮기만 하면 돼. 철기방에서 미늘을 만들어 주면 나머지는 여자들도 할 수 있을 거야. 바느질이나 물레질은 여자들이 더 잘하잖아? 그러니까 하루에도 여러 벌을 만들 수 있다는 거지."

하루는 달래의 한마디 한마디에 고개를 끄덕였다. 정말 달래 말대로라면 여자들도 갑옷 만드는 일을 같이할 수 있을 것이고, 생금마을을 찾는 상선들도 늘어날 것이다.

"꼴삐한테 가 보자."

하루의 말에 달래의 입이 벙싯거렸다. 꼴삐에게 새 마갑을 입혀 보고 싶어 안달하던 중이었다.

"금방 데리고 올게. 이럴 줄 알고 어제 우리 집 마굿간에 데려다 놓았거든."

하루가 기다렸다는 듯 마당을 빠져나갔다. 달래는 꼴삐와 함께 가야의 벌판을, 아니 세상의 모든 벌판을 달리고 싶었다. 생각만으로 달래의 입에서 콧노래가 흘러나왔다. 온통 미늘마갑 생각에 달래는 흥덕이 들어서는 줄도 몰랐다. 흥덕은 투구 대신 새 깃털을 꽂은 비단 관모를 쓰고 있었다. 흥덕이 익숙하게 말고삐를 장대에 걸었다. 흑마의 윤기 나는 검은 털이 햇볕을 받아 반지르르 빛났다.

"이렇게 흑마도 대령했는데 부두에 같이 갈래?"

"난 꼴삐 말고는 안 타."

"그래? 그런 말 하는 것도 며칠 안 남았을걸."

말끝을 흐리는 흥덕의 입가에 야릇한 웃음이 번졌다.

"너도 오늘 거래되는 판갑옷과 투구의 양을 보면 아마 기절할걸. 기대해도 좋아."

이번 일로 모연도 촌주도 자신을 믿음직스러워 할 거라며 흥덕이 거들먹거렸다. 달래는 무슨 꿍꿍이속인지, 왜 그렇게까지 하면서 아버지의 마음에 들려고 하는지 조금도 궁금하지 않았다. 하루가 들어오기 전에 흥덕을 쫓아내야겠다는 생각밖에 없었다.

"아버지가 기뻐하실 일이라니 좋기는 한데 난 관심 없어."

"아마 방장 어른은 네 생각이랑 다를걸?"

달래의 불퉁한 말투에도 홍덕이 느물댔다.

"그게 무슨 말이야?"

"네가 짐작하는 대로야. 철기방의 주문 양이 계속 늘어나는 게 뭐 때문이라고 생각해? 내가 아버지한테…….."

홍덕의 다음 말은 들리지 않았다. 하루의 등장으로 더무의 죽음이 기정사실로 된 후 촌주가 집에 왔던 일이 생각났다. 촌주는 아버지의 철기방에 새 후계자를 들이라고, 그렇지 않으면 다른 철기방으로 무역권을 넘기겠다고 을러댔다. 아버지는 새비 아저씨도 있고, 아직 자신의 솜씨가 녹슬지 않았다며 시간을 좀 달라고 했다.

"촌주 어른의 도움 없이도 우리 철기방은 끄떡없어."

달래는 간신히 그 말만 하고 입술을 깨물었다. 홍덕이 유세 떠는 것도 촌주의 은근한 협박도 마음에 들지 않았다. 마침 꼴삐가 나타나지 않았다면 달래는 험악한 말을 쏟아 냈을지도 몰랐다. 설마 다 들은 건 아니겠지? 하루가 건성으로 인사하고 마갑을 챙기겠다며 자리를 피한 후에야 달래는 가슴을 쓸어내렸다.

"저 녀석 때문이지? 저 녀석이 너한테 줄 수 있는 건 아무것도 없어."

홍덕이 흥분해서 주먹을 부르쥐었다.

"난 받는 것보다 주는 게 편하고 좋아."

"나한테 뭘 받고 싶은지 한번도 안 물어봤잖아?"

달래는 그런 생각 따위 해 본 적이 없다고 말하려다 그만뒀다.

"늦지 않게 와라. 네가 꼭 있어야 하는 자리니까."

홍덕이 무슨 말을 더 하려다 떨떠름한 얼굴로 마당을 나갔다. 홍덕이 집을 나선 후에도 달래는 마음이 진정되지 않았다. 마음을 들키지 않으려고 달래는 한껏 입꼬리를 올렸다.

새 마갑을 장착하는 동안 꼴삐는 꼬리를 내린 채 움쩍도 하지 않았다. 마갑을 보기만 해도 발길질하거나 달아나기 일쑤였던 꼴삐였다.

"꼴삐도 기분 좋은 것 같은데. 한번 달려 볼래?"

하루가 발걸이에 발을 올리는 달래의 등을 받쳐 주었다. 달래는 등으로 전해지는 하루의 따뜻한 손길에 가슴이 울렁댔다. 하루도 펄쩍 말잔등에 올라탔다. 달래는 하루의 허리를 바짝 그러잡았다. 달래와 하루를 태운 꼴삐는 제멋대로 생금마을 벌판과 백사장을 달렸다. 홍덕의 이상한 말에 불안했던 달래의 마음도 가라앉았다.

"난 꼴삐랑 이렇게 백사장을 달릴 때가 진짜 좋더라."

"나도. 네 고향에도 바다 있어?"

"아니."

"가고 싶지 않아?"

"……."

하루는 대답 대신 고삐를 잡아당겼다. 하루의 마음을 안다는 듯 꼴삐는 백사장을 몇 번이나 달렸다.

멀리 사람들이 분주하게 오갔다. 흥덕과 촌주, 아버지와 새비 아저씨가 보였다. 부두에 가까워져서야 꼴삐가 속도를 조금씩 늦췄다.

부두로 왜선 다섯 척이 서서히 들어오고 있었다. 한꺼번에 왜 선이 이렇게 많이 들어온 것은 보기 드문 일이었다. 흥덕의 말 이 맞는 모양이었다. 수레 주위에 서 있던 사람들이 부두 쪽으 로 몰려갔다. 달래와 하루는 사람들과 한참 떨어진 곳에 나란히 섰다.

잠시 후 왜선의 선주가 부두 밖으로 걸어 나왔다. 보자기로 덮은 상자를 든 왜인들이 선주 뒤를 따라 나왔다. 촌주에게 바 치는 선물일 터였다. 촌주와 아버지가 환하게 웃으며 그들을 맞 이했다.

"오랜만입니다. 물건은 보다시피 준비됐으니 지금 실어도 되 겠소?"

아버지가 덩이쇠부터 실으라는 눈짓을 보냈다. 기다렸다는 듯 철기방 사람들이 덩이쇠가 담긴 나무상자를 차례로 져 날랐다.

"여러분을 위한 잔칫상도 마련해 두었으니 어서 가시죠?"

감사하다며 나섰을 선주가 촌주의 눈을 피했다. 한참을 쭈뼛 대던 선주가 입을 뗐다.

"그럴 여유가 없습니다. 며칠 뒤에 태풍이 몰려온다니 바로 떠날 생각입니다. 그리고……."

"파도는 잠잠한 것 같은데 지금 태풍이라 그랬소?"

촌주가 먼바다를 쳐다보며 의아한 얼굴을 했다. 뒤에 있는 철기방 사람들도 수런거렸다.

"한 번도 내 예측이 틀린 적 없습니다."

뒤에 서 있는 천관이 기분이라도 상했는지 있는 대로 인상을 썼다. 선주가 배꾼들에게 몇 번 눈짓을 보냈다. 배꾼들이 하나둘 서둘러 배로 피돋아가더니 잠시 후 나무상자를 짊어지고 나왔다. 나무상자를 보던 촌주와 아버지의 얼굴이 점점 일그러졌다. 그 나무상자들은 철기방에서 물건을 담던 것이었다. 철기방 사람들이 나무상자 주위로 모였다.

"덩이쇠만 사고 지난번 사간 판갑옷은 모두 반품해야겠습니다. 더 이상 팔리지 않으니 저희 상단으로서도 어쩔 수 없습니다."

"그게 말이 되는 소리요? 당신들이 요구하는 모든 조건에 맞쳐 제작한 것이오. 납득할 만한 이유 없이는 받을 수 없소."

아버지가 사색이 돼 따졌다. 선주는 아버지 쪽은 보지도 않고 촌주를 향해 입을 열었다.

"여기에서는 중국이나 백제, 신라에 되팔 수 있지 않습니까? 몇 달 동안 무던히 애썼지만 소용없었습니다. 우리 상단에서도 이번 일로 입은 손해가 이만저만 큰 게 아닙니다."

"반품된 상품을 새 상품이라고 속여 팔라는 말이잖소? 신용을 제일로 여기는 우리로서는 그런 짓을 할 수 없소."

촌주가 목소리를 누르며 잔뜩 얼굴을 구겼다. 모연과 철기방 식구들도 절대 물러설 수 없다고 버텼다. 물러 달라, 안 된다 두 쪽 모두 팽팽하게 맞섰다. 좀체 수그러들 것 같지 않았다. 한참 만에 뒷자리에서 지켜보던 달래가 나섰다.

"도대체 무슨 이유인지 알아보는 게 좋겠어요. 덩이쇠는 사겠다면서 이 판갑옷만 사지 않겠다는 데는……."

"판갑옷의 경첩 부분에 결함이 있다고 그랬소."

선주가 마치 기다리기라도 한 듯 달래의 말에 답했다.

"어떤 결함이요?"

아버지와 철기방 사람들이 동시에 소리쳤다.

"앞뒤판이 제대로 안 물린다고도 했고 경첩이 약하다는 말도 했습니다. 그것 말고도 일일이 열거할 수 없……."

선주가 연신 눈을 껌벅이며 어물댔다. 철기방 사람들이 상자를 열어 위에 덮인 마른 짚을 들추고 판갑옷을 꺼냈다. 아무리 살펴봐도 선주가 말하는 불량은 없었다. 아버지가 판갑옷 하나하나를 들어 보이며 조목조목 따졌다. 선주는 들을 생각이 없다는 듯 딴 데로 고개를 돌렸다. 달래의 눈에도 억지를 부리는 것으로밖에 보이지 않았다.

"내 눈에는 아무 결함도 없지만, 고쳐 딜라는 대로 고쳐 주겠소. 이게 우리가 할 수 있는 최선이오."

아버지가 화를 누르며 선주를 달랬다.

"수리한다고 될 문제가 아닙니다."

"그럼 도대체 뭐가 문제라는 거요?"

"판갑옷은 너무 무겁고 활동성도 떨어집니다. 쇠못이라도 하나 빠지면 그냥 버려야 하고요. 들이는 돈에 비해 효용성이 너무 떨어집니다. 성주들이 새로운 갑옷을 원합니다."

그제야 철기방 사람들은 선주의 속셈을 알아챘다. 결함이 있다는 건 둘러댄 말이었다.

"새로운 갑옷이요?"

촌주와 아버지가 놀라 소리쳤다. 아무도 예상하지 못한 일이었다.

"가볍고 강하고 수리도 쉽고…… 그런 갑옷을 만들어 주시오. 중국 상선에서 들은 말이 있는데, 초원국의 전사들이 입는 갑옷은……."

어차피 반품이 목적인 선주는 할 말, 안 할 말 제멋대로 지껄여 댔다.

"세상에 그런 갑옷이 어디 있소? 그런 게 있다면 어디 한번 내놔 보시오."

새비 아저씨의 목에 바짝 힘줄이 섰다. 철기방 사람들도 여차하면 덤벼들 기세로 눈을 부라렸다.

"거래를 깨려고 괜한 꼬투리 잡는 거 아니오? 이제까지 우리 철기방의 판갑옷에 대해 왈가왈부한 상단은 한 곳도 없었소."

참다 못한 아버지의 얼굴도 험악해졌다. 촌주가 막아서지 않았다면 주먹질이 오갈지도 모를 상황이었다. 이번 거래에 흥덕이 발벗고 나섰던 처지라 촌주는 일이 커지는 게 껄끄러운지 말을 아꼈다. 흥덕은 선주에게 바짝 붙어 서서 한번만 봐달라고 사정했다.

달래가 사람들 틈에 서 있는 하루에게 손짓을 보냈다. 하루가 고개를 끄덕인 후 꼴삐를 데리고 내려왔다.

"이렇게 만든 갑옷이면 되겠어요?"

달래가 꼴삐의 잔등에서 마갑을 들어 보였다. 마갑의 미늘이 햇살을 받아 번쩍거렸다.

사람들의 눈이 일제히 마갑에 쏠렸다.

"네가 이걸 만들었단 말이냐?"

"언제 만든 거냐?"

아버지에 이어 철기방 사람들의 입에서 여러 말이 튀어나왔다.

"혼자 만든 건 아니고 하루와 함께 만들었어요. 하루는 우리 철기방의 철장이입니다."

하루라는 말에 홍덕의 입에서 '헉' 소리가 났다.

"진짜냐?"

"아닙니다. 전 그냥 달래가 해 달라는 대로 만들어 줬을 뿐인데…… 꼴삐 때문에……."

하루가 얼굴을 붉히며 말까지 더듬었다.

"오호, 내가 찾던 게 바로 이겁니다. 튼튼하면서도 움직임이 좋은 그런 갑옷 말입니다."

선주가 마갑을 들고 요리조리 뜯어보았다. 아버지와 새비 아저씨를 포함한 철기방 사람들이 갑작스러운 선주의 행동에 눈알을 두리두리 굴렸다.

"이런 말 하기 좀 그렇지만…… 미늘이 이렇게 얇은데 제대로 화살을 막아 내겠어요?

홍덕이 잔뜩 볼멘소리를 했다. 그 말에 선주의 표정이 갑자기 달라졌다. 사람들도 술렁대기 시작했다.

"이 자리에서 이 미늘갑옷의 성능을 확인해 주면 되겠어요?"

달래가 잔뜩 굳은 얼굴로 말했다.

"그래. 저놈한테 이걸 걸치게 해라. 화살은 내가 쏠 테니까."

홍덕이 꼴뼈 옆에 서 있는 하루를 가리켰다. 홍덕의 말에 촌주도 아버지도 놀란 듯 입을 다물지 못했다. 달래는 홍덕이 작정하고 거래를 깨뜨리려 드는 게 못마땅했지만 물러설 생각은 없었다. 미늘갑옷의 성능을 제대로 보여 줄 수 있는 기회였다. 그러나 목숨이 달린 일이기도 했다. 달래는 속이 바짝바짝 탔다.

"그렇게 하겠습니다."

하루가 망설임 없이 미늘마갑을 몸에 둘렀다.

"그러지 마. 홍덕이 화살을 잘못 쏘면 네 목숨이 위험할 수도 있어."

"이렇게 많은 사람들 앞에서 엄한 짓을 하지는 못할 거야. 그리고 내가 미늘을 얼마나 단단하게 만들었는지 너도 잘 알잖아?"

하루가 미소를 띠면서 달래를 안심시켰다. 하루의 단호한 태도에 달래도 어쩔 수 없었다.

하루가 이백 걸음쯤 떨어진 곳까지 걸어갔다. 사람들이 보지 못하겠다며 눈을 가렸다. 달래 역시 눈두덩이 떨리고 목구멍까지 따끔거렸다. 홍덕이 잔뜩 심호흡을 하고 활을 잡았다. 금속 화살촉은 심장을 꿰뚫을 만큼 날카롭고 단단해 보였다. 드디어 팽팽하게 당겨진 화살이 시위를 떠났다. 숨이 멎는 듯했다. 사람들의 비명 소리가 터져 나왔다.

탱.

화살이 미늘마갑에서 튕겨져 나왔다. 하루의 몸이 휘청하더니 뒤로 나동그라졌다. 달래가 놀라 뛰쳐나갔다.

"괜찮아?"

사람들이 금방 하루와 달래를 둘러쌌다.

"가슴이 좀 얼얼하긴 하지만 괜찮은 것 같아."

한참 만에 하루가 엉덩이를 털며 일어났다. 사람들이 일제히 박수를 쳤다. 씩씩대는 흥덕을 향해 사람들의 비난 섞인 야유가 쏟아졌다. 촌주가 흥덕을 노려보며 잔뜩 인상을 썼다. 제 뜻대로 안 된 게 분한지 흥덕의 손이 부르르 떨렸다.

"이렇게 만드는 데 얼마나 걸리겠소? 이것과 똑같은 걸 만들어 주면 주문량을 두 배, 아니 다섯 배로 늘리겠소."

선주는 미늘마갑에서 눈을 떼지 않은 채 목소리를 높였다.

"열흘 말미를 주면 판갑옷 수량에 맞춰 만들 수 있을 거예요."

"말도 안 된다. 역흘 안에 어떻게?"

"그건 어르신 말이 맞아. 저만한 양을 만들려면 덩이쇠가 얼마나 많이 필요한지 알고 하는 소리냐?"

새비 아저씨의 말에 철기방 사람들도 안 될 일이라며 난색을 표했다.

"그럴 필요 없어요. 이 판갑옷을 녹여서 쓸 거예요."

달래는 판갑옷이 담긴 상자를 손으로 가리켰다.

"그 대신 값을 두 배로 쳐주세요."

"뭐? 두 배?"

선주와 철기방 사람들이 동시에 되물었다. 가장 당황한 것은 홍덕이었다. 이번 거래를 성사시켜 모연의 마음을 움직이려 했던 것이 어그러져 버렸기 때문이었다.

"네. 두 배요. 미늘갑옷은 이곳 철기방에서 처음으로 세상에 내놓는 거예요. 선주님도 미늘갑옷이 예전 판갑옷에 비해 뛰어나다고 인정하셨잖아요?"

달래의 말에 선주는 당황해서 연신 손을 비비며 '허 참, 허 참' 하고 중얼거렸다. 촌주와 아버지도 난감한 표정으로 헛기침을 했다.

"미늘갑옷이라면 부르는 게 값이 될 거예요. 선주님도 다섯 배는 주문하겠다 한 건 그만큼 이 물건에 확신이 있기 때문 아닌가요?"

달래의 말에 선주가 쓴웃음을 지었다. 달래는 그런 조건이 아니면 판갑옷의 반품만 받아들이고 거래를 끊겠다고 다시 한번 못을 박았다. 선주가 그게 말이 되냐고 따져 묻자 촌주는 이미 내 손을 떠난 문제라며 잘라 말했다.

"나도 내 딸의 뜻에 따르겠소. 철기방 사람들 모두 같은 생각이오."

아버지까지 편들자 선주도 어쩌지 못했다. 조건이 맞지 않으면 거래를 끊겠다는 달래의 엄포에 선주는 잔뜩 몸을 사렸다.

"좋습니다. 나도 조건이 있습니다. 우리 상단이 왜에서는 손 꼽히는 곳이니 미늘갑옷에 대한 독점권을 주는 것은 어떻습니……."

"그런 조건이라면 이 거래는 없는 것으로 하겠습니다. 미늘갑옷은 모든 나라, 모든 상단에게 공평하게 팔 것입니다."

"아니, 아니오. 내가 괜한 말을 해서 마음이 상했다면 푸시오."

선주가 손을 내젓는 것도 모자라 고개까지 조아렸다. 촌주가 나서서 미늘갑옷을 만드는 동안 왜 상단이 마을에 머무는 걸로 사태를 수습했다.

사람들이 흩어지고 철기방 사람들이 나무상자를 수레에 실었다.

"이제부터 미늘갑옷의 제작에 대해서는 하루와 저한테 모든 권한을 주세요."

"뭐?"

"이번 거래가 제대로 되면 하루를 후계자로 인정해 주시고……."

"아니, 그, 그건……."

아버지의 눈빛이 심하게 흔들렸다. 안 될 말이라며 하루도 손을 내저었다.

"미늘갑옷 거래 때마다 하루와 제가 함께할 거예요. 우리만큼

미늘갑옷에 대해 잘 아는 사람이 없다는 건 아버지도 아시잖아
요?"

"그, 그건······ 철기방 사람들이 받아들일지 모르겠다만······
한번 물어는 보겠다."

아버지는 느릿느릿 철기방 쪽으로 걸었다. 아버지를 발견하
고 새비 아저씨가 수레를 세웠다. 수레가 멀어지는 것을 확인한
후에야 하루가 입을 열었다.

"왜 그런 거짓말을 했어?"

"거짓말 아닌데······ 내가 뭘 할지도 모르면서 밤새워 미늘을
만들어 준 건 너였잖아? 미늘을 처음 만든 것도 너 맞잖아?"

"그야 그렇지만."

"빨리 철기방에 가 보자. 우선 판갑부터 녹여야 하니까."

"잔치는 어쩌고?"

"어차피 너도 갈 생각이 아니었잖아? 아마 지금쯤 철기방 식
구들도 우리가 오기를 눈 빠지게 기다릴 거야."

하루가 꼴삐의 잔등에 미늘마갑을 걸쳤다. 달래는 말고삐를
돌리는 하루의 허리를 바짝 끌어안았다. 한낮의 햇살이 미늘마
갑 위로 쏟아졌다.

1930년대 인공제방을 쌓아 범람하는 낙동강과 바닷물을 막으면서 금관가야의 중심지였던 김해는 너른 평야와 산으로 둘러싸인 평범한 지방 중소도시로 바뀌었다. 불과 백 년도 안 된 일이다.

삼각주 지대의 기름진 농토와 강과 바다와 만나는 지리적 이점에다 풍부한 철광산과 뛰어난 제철 기술로 금관가야는 전기 가야 연맹의 맹주국으로 5백 년 영화를 누렸다. 그 옛날 소달구지와 쇠망치 소리가 끊이지 않는 철기방이 즐비하고 중국과 일본의 상선이 드나들던 국제무역의 중심지인 김해에 '쇠(金)의 바다(海)'라는 뜻의 이름이 붙여진 것은 당연한 일이었다.

철은 고대 사회에서는 모든 권력과 부의 근원이었다. 금관가야 철기방의 철장이들은 농기구뿐 아니라, 덩이쇠, 철갑옷, 투구, 칼 같은 무기를 만들고 그것을 다른 나라와 교역했다. 그들이 만든 덩이쇠 또는 철정(鐵鋌)이라고 불렀던 쇠판과 납작한 판 모양의 도끼인 판상철부는 각종 철제품을 만드는 소재로도 쓰였지만 국제적인 화폐로도 사용됐다.

여전사를 주제로 한 단편집을 내기로 했을 때, 내가 떠올린 것은 〈가야에 여전사가 있었다〉라는 다큐멘터리에 나오는 갑옷의 여전사가 아니라 철기장의 딸로 태어난 열여섯 살 소녀였다.

여자라는 이유로 철기방에 드나들 수 없는 달래는 선천적 기형으로 마갑을 착용할 수 없는 말 꼴삐를 위해 실용적이고 안전한 미늘마갑을 만들기로 결심한다. 이 작업에 전장의 포로라는 전력 때문에 백제 첩자로 의심받던 하루를 끌어들여 철장이가 될 기회를 만들어 주고 철기방에 유리한 협상 조건으로 교역선의 선주들을 무릎 꿇게 한다.

맞지 않는 마갑 때문에 고통받는 말을 측은하게 여길 만큼 따뜻한 마음을 가진 아이, 부당한 권력에 당당하게 맞서는 아이, 여섯 가야로 나뉘어져 있지만 모두 가야인이라는 넓은 생각을 가진 아이, 주체적이고 능동적이며 어떤 상황에서도 절대 자신을 낮추거나 소신을 꺾지 않는 달래를 여전사로 그리고 싶었다. 달래는 내가 오랫동안 꿈꾸고 바랐던 요즘 십 대들의 모습이기도 하다.

정명섭

1973년 서울에서 태어났다. 대기업 샐러리맨을 거쳐서 커피를 만드는 바리스타로 일
했다. 파주 출판도시에서 일하던 중 소설을 발표하면서 본격적인 작가의 길을 걷게
되었으며, 현재 전업작가로 활동 중이다. 추리소설과 역사소설, 좀비, 역사 인문서, 청
소년 소설과 동화 등 다양한 장르의 글을 쓰고 있다. 2013년 제1회 직지소설문학상
최우수상을 수상했으며, 2016년 부산 국제 영화제 NEW 크리에이터 상을 수상했다.
2019년 『미스 손탁』이 원주 한 도시 한 책 도서로 선정되었으며, 『무덤 속의 죽음』으
로 2020년 한국추리문학 대상을 수상했다. 그 외 『남산골 두 기자』, 『사라진 조우관』,
『어린 만세꾼』, 『우리 반 홍범도』, 『추락』, 『온달 장군 살인 사건』 등의 대표작이 있다.

싸우는 꽃

신라의 여전사

준정

봄에 처음으로 원화*를 만들었다. 일찍이 임금과 신하들이 인재를 알아볼 방법이 없어 걱정하다가 사람들 여럿을 모아 함께 놀게 하고 그들의 행동거지를 살펴본 후 천거하여 쓰고자 하였다. 마침내 아름다운 두 사람을 뽑았으니 하나는 남모, 하나는 준정이었다. 3백여 명의 무리가 모여들었다.

－『삼국사기』(「신라본기」, 진흥왕 37년〔서기 576년〕)

헐레벌떡 달려온 낭도에게서 남모가 죽었다는 말을 들었을 때, 준정은 남천 근처에 있는 자신의 집 이매택에서 한창 무술

* 源花, 화랑의 전신

을 단련 중이었다. 준정은 들고 있던 칼을 떨어뜨릴 정도로 큰 충격을 받았다.

"시신은 어디에서 발견되었느냐?"

"부, 북천 일향교 부근입니다."

"앞장서라!"

대답과 함께 황급히 돌아서 가는 낭도를 보며 준정이 중얼거렸다.

"대체 무슨 일이 일어난 거야?"

불과 이틀 전만 해도 함께 이야기꽃을 피웠던 남모가 시신으로 발견되었다는 소식에 준정은 어찌할 바를 몰랐다. 옆에서 소식을 들은 집사가 준정이 늘 타고 다니는 갈색 말을 끌고 왔다. 안장에 올라탄 준정에게 집사가 조용한 목소리로 말했다.

"항상 신중하십시오."

"같은 날 죽기로 맹세한 친구가 죽었는데도?"

준정의 물음에 집사가 환두대도를 건네며 말했다.

"칼을 안 차셨군요. 만약 남모랑의 죽음이 아가씨를 유인하기 위한 술책이라면 어쩌려고 그러십니까?"

뒤늦게 칼을 챙기지 않았다는 사실에 머쓱해진 준정은 집사가 건넨 환두대도를 받아 들면서 대답했다.

"다녀올게. 아버님 퇴궐하시면 얘기 좀 해 줘."

"그러겠습니다. 조심하십시오."

"응."

말고삐를 쥔 준정은 이매택을 나섰다. 다른 집은 말이나 수레를 타기 위해서는 밖으로 나가야 했지만 대문이 큰 이매택에서는 그럴 필요가 없었다.

7월의 무더운 햇살이 준정의 정수리로 쏟아졌다. 하지만 준정은 오히려 한기를 느꼈다. 소식을 전한 낭도의 뒤를 따라 속도를 높이면서 준정은 속으로 울부짖었다.

'남모! 열일곱 살은 죽기에는 너무 이른 나이야.'

그러다 문득 남모가 했던 얘기를 떠올렸다.

'나도 사다함처럼 죽고 싶어. 그럼 떨어지는 꽃잎처럼 아름답게 기억되겠지?'

아니라고 외치면서 달리는 사이 멀리 월성이 보였다.

남천을 등지고 있는 반월 모양의 월성은 흙으로 쌓은 성벽과 그 아래 해자*를 끼고 있었다. 월성 안에는 왕궁이 자리 잡고 있었는데 우뚝 솟은 정전인 조원전의 지붕이 보였다. 원래 호공이라는 사람의 집이었는데 바다를 건너온 석탈해가 꾀를 내어서 빼앗은 후에 왕궁을 세웠다는 전설이 내려오는 곳이다. 그리고 그곳에는 원화를 세운 진흥태왕이 있었다.

어린 시절 임금의 자리에 오른 그는 백제와 고구려를 물리치

---

*　성 밖으로 둘러 판 못.

고 강역을 넓히면서 신라의 전성기를 이끌었다. 하지만 최근에
는 불교에 푹 빠져 머리를 깎고 승복을 입고 전륜성왕을 자처했
다. 사람들은 큰아들인 동륜 태자가 먼저 세상을 떠나는 비극을
겪었기 때문이라고들 말했다.

올해 초, 남모와 함께 자신을 원화로 삼았을 때에도 승복을
입고 승려들을 대동한 채 모습을 드러냈다. 봄부터 건강이 급격
히 나빠져서 올해를 넘기지 못할 것이라는 소문이 은밀하게 퍼
져 나가는 중이었다.

만약 진흥태왕이 세상을 떠나면 여성을 우두머리로 하고 남
성들이 낭도로 따르는 원화라는 제도에도 영향을 미칠지 모른
다고 걱정하던 남모의 말이 떠올랐다. 그랬던 남모가 임금보다
먼저 세상을 떠나고 만 것이다.

"대체 무슨 일이 일어난 거야?"

주인의 마음을 알아차리기라도 한 듯 말이 속도를 냈다.

서라벌의 남북을 관통하는 넓은 거리는 사람들로 북적거렸
지만 앞서 달린 낭도가 외치는 소리에 다들 옆으로 흩어졌다.

"원화의 준정랑 행차시다! 물러서라!"

호기심 어린 서라벌 백성들의 시선을 뒤로하고 달리던 준정
의 눈에 우뚝 솟은 황룡사 9층탑이 보였다. 20여 년 전, 새로 궁
궐을 지으려다가 황룡이 나타나자 계획을 바꿔서 사찰로 지었
다. 그때 9층 높이의 탑이 같이 지어졌다.

준정은 어린 시절 아버지와 함께 황룡사 9층 목탑에 올라가서 기와지붕이 바다처럼 펼쳐진 서라벌을 내려다보던 기억을 떠올렸다. 몇 달 전에도 남모와 함께 올라갔던 것이 생각난 준정은 잠시 눈을 감고 부처님에게 남모의 영혼이 좋은 곳으로 가기를 빌었다. 화답이라도 하듯 9층탑의 처마에 앉아 있던 한 무리의 새들이 하늘로 날아올랐다. 황룡사를 지나 외곽인 북천 쪽으로 갈수록 집들이 작아지고 기와집 대신 초가집들이 보였다.

북천을 따라 거슬러 가던 중 강가의 자갈밭에 낭도들이 모여 있는 게 보였다. 때마침, 소식을 전한 낭도가 말을 멈춰 세운 걸 본 준정도 고삐를 당겨서 말을 세웠다.

말에서 내린 준정은 자갈밭으로 된 강가로 내려갔다. 준정의 모습을 본 남모의 낭도들이 한 걸음씩 뒤로 물러났다. 얼굴을 가려 놓은 시신은 준정이 남모에게 선물한 검정 깃의 옥색 저고리를 입고 있었다. 갈색 바지와 코가 뾰족한 가죽신 역시 남모가 즐겨 입던 차림이었다. 준정은 그 자리에 힘없이 주저앉고 말았다.

어린 시절부터 가깝게 지냈던 남모는 얼굴만 아름다운 것이 아니라 마음도 착하고, 배려심도 많은 친구였다. 그래서 따르는 사람들도 많았다. 준정 역시 그런 남모를 좋아하던 이들 중 하나였다.

그런데 이렇게 참혹한 시신으로 발견되다니, 슬픔보다는 의문과 분노가 앞섰다.

"대체 어떤 놈이!"

엉금엉금 기다시피해서 남모의 곁으로 다가간 준정이 조심스럽게 얼굴부터 확인하였다. 피비린내가 훅 끼쳐 왔지만 그것보다는 피투성이가 된 시신의 모습 때문에 눈을 돌릴 수밖에 없었다. 그런 그녀의 눈에 남모를 따르는 낭도들의 우두머리인 거라지가 보였다. 키가 크고, 창백한 얼굴의 거라지는 활을 잘 쏴서 명궁이라는 별명을 가졌다.

"어찌 된 일이냐?"

울음 섞인 준정의 물음에 슬픔을 억누르느라 얼굴이 붉어진 거라지가 입을 열었다.

"저도 소식 듣고 방금 달려왔습니다."

"남모랑은 이제 겨우 열일곱이다. 이렇게 죽을 나이가 아니란 말이야!"

그녀의 절규에 거라지를 비롯한 남모의 낭도들이 고개를 숙인 채 눈물을 흘렸다.

"누가 처음 발견했느냐?"

준정의 물음에 머뭇거리던 거라지가 옆을 바라봤다. 거라지의 시선이 닿은 곳에는 키가 작고 왜소한 체격의 낭도 한 명이 있었다.

그를 본 준정이 일어났다.

"너는?"

준정의 시선을 느낀 낭도는 무릎을 꿇고 머리를 조아렸다.

"죽여 주시옵소서."

"남모랑을 죽인 자가 너라면 찢어 죽여서 사방에 뿌려 버릴 것이다. 네가 남모랑을 죽였느냐?"

준정의 호통에 그는 손사래를 쳤다.

"아, 아닙니다. 소인은 남모랑의 시신을 처음 발견한 것뿐입니다."

"이곳에서?"

그가 고개를 끄덕거리면서 텅 빈 눈으로 남모랑의 시신을 바라봤다.

호매라고 불리는 그는 본래 낭도가 아니라 영흥사의 사미*였다. 재작년에 영흥사 탑돌이에서 남모를 보고 한눈에 반해 무작정 따라다녔다. 남모는 사찰로 돌아가 승려가 되라고 타일렀지만 호매는 막무가내로 버텼다. 결국 할 수 없이 낭도로 받아들였으나 말타기와 활쏘기를 제대로 하지 못해서 눈칫밥을 먹는 중이었다.

남모의 시신을 향해 공손하게 합장을 한 호매가 입을 열었다.

---

* 정식 승려가 되기 전 수행을 하는 남성 출가자.

"새벽에 활쏘기 연습을 하러 나왔다가 안개가 심하여 집으로 되돌아가던 중이었습니다. 북천 강가에서 무슨 소리가 들려 걸음을 멈추었는데 갑자기 짧은 비명 소리가 들렸습니다. 그런데 꼭 남모랑의 목소리 같아 무슨 일이냐고 크게 소리를 쳤습니다."

"그랬더니?"

"누군가 도망치는 소리가 들렸습니다. 쫓고 싶었지만 손에는 활밖에 없었고, 무엇보다 비명 소리를 낸 자가 누군지 궁금해서 도망치는 자의 뒤를 쫓는 대신 강가로 내려왔습니다. 때마침 홀연히 안개가 걷히면서 누군가 누워 있는 게 보였습니다."

"남모랑이라는 걸 바로 알아차렸느냐?"

"옥색 저고리에 갈색 바지 차림이라 단번에 알아봤습니다. 그래도 혹시나 해서 다가가 얼굴을 확인했는데……."

치마 만은 잊지 못한 호매가 두 손으로 얼굴을 감싼 채 울음을 터트렸다.

준정은 남모의 힘없이 처진 왼손을 뒤집어 손목을 들여다봤다. 그러고는 함께 새긴 나비 문신이 있는 남모의 손목을 움켜잡으며 절규했다.

"남모야! 같이 살고 같이 죽자더니 이 무슨 변고란 말이야."

한참을 울던 준정은 문득 누군가 지켜보고 있는 듯한 느낌에 고개를 들었다. 북천 강둑에 한 무리의 사람들이 말을 타고 서 있는 게 보였다. 제일 앞에 있는 자는 붉은색 저고리를 입고 앞쪽에 새 깃을 잔뜩 꽂은 조우관을 쓰고 있어서 단번에 누군지 알아볼 수 있었다.

"미진부?"

준정이 벌떡 일어나 바라보자 강둑에서 내려다보던 대아찬* 미진부가 말머리를 돌렸다. 미진부가 사라진 강둑을 한참 동안 노려보던 준정은 정신을 차리고 낭도들을 바라봤다.

"뭣들 하느냐! 남모랑을 어서 모시지 않고?"

준정의 얘기를 들은 거라지가 물었다.

"안 그래도 어디로 모실까 낭도들끼리 의견이 분분했습니다."

원래대로라면 남모랑의 집인 보정택으로 가야 했지만 낭도들은 그곳으로 모실 생각을 하지 못했다. 왜 그런지 너무나 잘 알고 있는 준정은 잠시 고민하다가 입을 열었다.

"근처에 있는 민황사로 옮긴다."

준정의 말에 거라지가 되물었다.

"민황사라면?"

"보림랑이 출가한 곳이다. 속세에 계시던 시절, 남모랑을 아끼셨으니 보살펴 주실 거야."

거라지가 고개를 끄덕이며 말했다.

---

* 신라 때, 17관등(官等)의 다섯째 등급으로 파진찬의 아래, 아찬의 위.

"시신을 옮길 수레를 구해 오겠습니다."

거라지가 낭도들에게 지시를 내리자 다들 이리저리 흩어졌다. 그 모습을 지켜보던 준정이 호매에게 말했다.

"민황사가 어딘지 알지?"

"무, 물론입죠."

"지금 당장 그곳으로 가서 보림랑, 아니 민율 스님을 찾아서 자초지종을 설명하고 조용한 전각 하나를 내어 달라 청하거라. 어서."

"예, 알겠습니다."

호매가 헐레벌떡 강둑으로 올라가는 사이, 낭도들이 수레를 끌고 나타났다. 거라지가 남은 낭도들에게 시신을 조심해서 옮기라는 지시를 내렸다.

그때 시신이 누워 있는 곳에 뭔가 반짝거리는 것이 준정의 눈에 띄었다. 녹색 곡옥*이었다. 반쯤 부러진 곡옥을 챙긴 준정은 낭도들이 남모의 시신을 싣고 있는 수레 쪽으로 다가갔다. 그리고 낭도들을 따라가려는 거라지를 불렀다.

"할 일이 있어."

"뭡니까?"

"믿을 만한 이들로 몇 명 추려서 강가를 샅샅이 살펴봐."

---

* 옥을 반달 모양으로 다듬어 끈에 꿰어서 장식으로 쓰던 구슬. 곱구슬. 곱은옥.

"뭘 찾아야 합니까?"

눈을 반짝이며 묻는 거라지에게 준정이 대답했다.

"단서가 될 만한 것들을 찾아."

"그리하겠습니다. 남모랑을 잘 모셔 주십시오."

준정은 대답 대신 고개를 끄덕인 후 강둑으로 올라섰다. 말의 고삐를 쥐고 있던 낭도가 다가왔지만 준정은 고개를 저었다. 그리고 수레에 남모의 시신이 실리는 걸 보고는 민황사를 향해 걸었다.

북천가에 지어진 민황사는 작은 규모였지만 한때 화랑이었던 보림랑이 민율이라는 법명을 받아 출가한 이후 꾸준히 커져 갔다. 보림랑의 집안은 물론 그를 따르는 낭도들의 시주와 출가가 이어졌기 때문이다.

민황사 앞에 도달하자 소식을 들었는지 붉은색 가사를 걸친 민율 스님의 모습이 보였다. 준정과 남모의 시신이 실린 수레를 번갈아 본 민율 스님이 말없이 합장을 했다. 준정은 민율 스님에게 작은 목소리로 말했다.

"남모가 죽었어요."

"소식 들었습니다. 참담하기 그지없는 일입니다."

"모실 곳이 떠오르지 않아서 이곳으로 오자고 했습니다."

"떠올려 주셔서 감사할 따름이지요. 대웅전 뒤편에 비구니들이 머무는 별채를 비우라 일러두었습니다."

민율 스님이 사찰에서 땔감을 해 오고 물을 긷는 불목하니들에게 눈짓을 하자 그들 중 하나가 별채 쪽을 가리키며 앞장섰다. 낭도들이 그 뒤를 따라 수레를 끌고 가는 걸 본 준정이 민율 스님의 가사 자락을 살짝 잡았다.

"부탁이 있습니다."

"말씀하시지요."

"남모랑의 시신을 살펴볼 사람이 있겠습니까?"

"살펴본다 함은?"

"남모랑을 저리 만든 자를 찾아야 합니다."

"목격자가 있습니까?"

"현재로서는 없습니다. 그러니 시신을 살펴서 살인자의 흔적을 찾아야만 합니다."

"살인자를 찾는다고 남모랑이 돌아오지는 않습니다."

"출가를 하면 저도 그렇게 생각하겠지만 속세에 있는 몸입니다. 남모랑과 저는 한날한시에 같이 죽기로 맹세했습니다."

"사다함과 무관랑처럼 말씀이십니까?"

민율 스님의 말에 울컥해진 준정이 분노를 삼킨 채 말을 이었다.

"누군가 흉한 일을 당한다면 반드시 범인을 찾아서 복수하기로 했고요."

"남모랑이 자신이 누군가에게 흉한 일을 당할지 모른다고 예상했다는 말씀이십니까?"

"불안하다는 얘기를 끊임없이 했어요."

"원화로 뽑히고 나서 말입니까?"

준정은 민율 스님의 물음에 쓴웃음을 지었다.

"그걸로 얼마나 많은 말들이 나왔는지 아시잖아요."

임금이 여자를 우두머리로 하는 원화를 만들겠다고 했을 때, 진골 귀족들은 물론이고 그들의 자제들로 구성된 화랑들은 전쟁터에 나가지도 못하는 여자들을 왜 내세우느냐고 목소리를 높였다. 그런 걸 너무나도 잘 알았기에 원화로 뽑힌 남모와 준정은 더 열심히 무술을 익히고, 신라 고유의 사상인 풍류도를 배우기 위해서 전국의 산천을 유랑했다.

다행히 따르는 낭도들이 늘어났고, 임금의 전폭적인 지지를 받으면서 자리를 잡아 갔다. 올가을쯤 몇 명의 원화를 더 뽑기로 하면서 둘 다 꿈에 부풀어 있던 중이었다. 그럴수록 비방과 힐난은 심해졌다.

특히 남모와 미진부의 관계를 두고 말들이 많았다. 준정 역시 그런 점을 염려해서 남모에게 미진부와의 관계를 끊는 게 어떻겠느냐고 말한 적이 있었다. 남모의 대답은 간단했다.

"차라리 내가 죽고 말겠어."

한다면 하는 남모의 성격을 누구보다 잘 아는 준정은 더 이상 입을 열지 못했다.

생각에 잠겨 있던 준정에게 민율 스님이 말했다.

"사찰에 머무는 비구니 중에 한 분이 속세에 있을 때 여성들의 염을 하신 적이 있습니다."

"그분에게 맡겨 주십시오. 그리고 염을 할 때 특별히 몸을 잘 살펴봐 달라고 해 주세요."

"상처를 봐 달라는 얘기지?"

갑작스러운 반말에 준정이 대답했다.

"흉기가 뭔지 알아야 살인자를 찾을 수 있으니까요."

"자신 있어?"

민율 스님의 물음에 준정은 주저 없이 고개를 끄덕였다.

"제가 열일곱 살이라고 얕잡아 보시는 겁니까?"

"그럴 리가! 사다함께서는 열여섯의 나이에 귀당비장*이 되어서 대가야를 멸망시키는 공을 세웠지. 중요한 건 나이가 아니라 얼마나 깨달았는지, 그리고 뭘 할 수 있느냐지."

민율 스님의 얘기를 들으면서 준정은 문득 궁금해졌다. 한때 사다함, 무관랑과 어깨를 나란히 하며 촉망받던 화랑 보림랑이 어느 날 갑자기 왜 속세를 등졌는지 말이다.

---

* 귀당은 신라 때, 지방 군단의 단위 부대를 이르는 말이며 비장이란 부대의 두 번째에 해당하는 관등이다.

준정의 생각을 읽은 듯 민율 스님이 공손히 합장했다.

"속세의 일은 잊은 지 오래입니다."

준정이 대답하려는 찰나, 갑자기 소나기가 내렸다. 삽시간에 길을 적실 정도의 비가 내리자 두 사람은 민황사 대문의 처마 아래로 향했다.

주룩주룩 내리는 비를 보면서 준정이 중얼거렸다.

"대체 무슨 일이 있었던 걸까요?"

민율 스님이 처연한 눈으로 북천 쪽을 바라보다가 곧장 몸이 굳었다. 빗줄기를 뚫고 달려오는 소리를 들었기 때문이다. 준정이 칼자루에 손을 얹은 채 응시했다.

빗줄기를 뚫고 나타난 이들은 거라지와 청색 저고리에 절풍*을 쓴 관리였다. 나란히 말을 타고 있었다. 대문에 서 있는 준정을 본 거라지가 먼저 말에서 내려서 달려왔다.

"준정랑! 월성에서 사람이 왔습니다."

준정은 거라지를 따라온 관리를 바라봤다. 말에서 내린 그가 준정과 민율 스님이 있는 민황사 대문으로 다가왔다.

"저는 내사에서 사인으로 일하는 엄촉이라고 합니다."

왕궁에서 일하는 나이 든 남자 관료이긴 했지만 입고 있는 옷차림으로 봐서는 5두품이 분명했다. 진골인 준정에게 아무리

---

* 삼국 시대, 벼슬아치들이 쓰던 고깔 모양으로 생긴 모자.

나이가 어리다고 해도 반말을 할 처지는 아니었다.

"무슨 일인가요?"

"전하께서 찾으십니다."

놀란 준정이 거라지를 바라봤다. 난감한 표정의 거라지가 대답했다.

"분부대로 북천을 살펴보고 있는데 이분이 찾아오셨습니다. 시신을 어디로 모셨는지, 준정랑은 어디 있는지 물어서 모셔 왔습니다."

얘기를 들은 준정이 다시 엄촉에게 물었다.

"전하께서는 무슨 일로?"

"얼른 모셔 오라는 분부만 있었습니다. 서두르십시오."

정중하지만 빨리 가야 한다는 압박은 충분히 느껴졌다. 눈치 빠른 낭도가 준정의 갈색 말을 끌고 왔다. 말 쪽으로 다가가려는데 민율 스님이 말했다.

"비가 많이 오고 있어. 유삼*을 가져올 테니까 잠깐 기다려."

"괜찮습니다."

"금방 가져올게."

다정한 웃음을 남긴 민율 스님이 대웅전 쪽으로 간 사이, 준정은 거라지를 손짓으로 불렀다.

---

* 비나 눈을 막기 위해 위에 꺼입는 옷으로 기름을 먹인 천으로 만든다.

"나온 건?"

"샅샅이 뒤졌으나 아무것도 없습니다."

거라지의 대답을 들은 준정이 날카로운 눈빛으로 말했다.

"비가 그치거든 주변 민가를 다니면서 목격자가 있는지 찾아 봐."

"호매가 봤다고 하지 않았습니까?"

"봤다고 하지 않았어. 안개 속에서 소리만 들었다고 했지. 남모랑은 아침 안개가 끼기 전에 북천으로 내려갔을 거야. 그때 누구랑 내려갔는지, 뒤따라온 사람이 누군지 찾아내야 해."

"강가의 집들을 샅샅이 다니면서 물어보겠습니다."

거라지의 얘기를 듣던 준정은 민율 스님이 달려오는 소리를 듣고는 얼른 말했다.

"그런데 그렇게 이른 아침에 남모랑이 왜 혼자 북천으로 간 거지?"

"잘 모르겠습니다. 최근에 이런저런 일로 고민이 많으셨습니다."

무슨 일이냐고 물어보려던 준정은 민율 스님이 다가오자 얼른 얘기를 마무리했다.

"내일 오전에 이매택으로 와서 보고해."

"알겠습니다."

거라지가 물러나자 민율 스님이 유삼을 들고 왔다. 저고리 위에 걸치고 끈으로 조이자 민율 스님이 말했다.

"내일 돌려줘."

"그사이에 염을 마치실 건가요?"

"그래야지. 그리고 어쨌든 남모랑의 집에는 연락을 해야지."

"알겠어요."

고개를 숙여 고마움을 표시한 준정이 말에 올라탔다. 그러자 미리 말에 올라타고 있던 엄촉이 급히 말 머리를 돌렸다. 준정은 엄촉을 따라 말을 몰았다.

빗줄기가 더 거세지면서 번개까지 쳤다. 주름치마를 입은 여인이 길거리에서 놀고 있던 아이를 데리고 급히 집으로 들어가는 게 보였다. 비가 쏟아지자 서라벌 거리에는 사람들이 자취를 감췄다.

엄촉은 황룡사와 접해 있는 큰길 대신 월성 북쪽에 있는 신궁쪽으로 가서 거기서 다시 남쪽으로 내려갔다. 약간 돌아가는 길이었지만 준정은 아무 말 없이 뒤를 따랐다. 그러면서 머릿속으로 남모를 죽일 만한 사람들을 떠올려 봤다.

남모는 왕가의 핏줄을 이어받은 고귀한 집안 출신에 뛰어난 미모와 굉장한 무술 실력을 자랑했다.

그래서 올봄에 진흥태왕이 여자를 우두머리로 하는 원화를 만든다고 했을 때 가장 먼저 뽑혔다. 신라를 지키는 여전사가 되겠다고 자처한 남모는 화랑들의 질시 어린 눈길을 뒤로한 채 원화가 자리를 잡는 데 온 힘을 기울였다. 낭도들도 무려 3백 명이나 모여들었다.

하지만 원화가 자리를 잡아 갈수록 질투와 비난의 눈길은 늘어났다.

'화랑들이 싫어했지.'

남자들끼리 모여서 풍류를 익히는 화랑은 몇 십 년 전부터 생겨났지만 진흥태왕은 좀처럼 관심을 두지 않았다. 화랑 중 한 명인 사다함이 대가야 정벌에 공을 세우고, 포상으로 내려진 가야인 포로들을 받지 않으면서 칭찬하는 목소리가 늘어나자 뒤늦게 화랑을 인정했다. 그러면서 하슬라주* 출신의 설원랑을 화랑의 우두머리인 국선으로 삼았다. 설원랑은 대놓고 적대시하지는 않았지만 휘하의 화랑과 낭도들 중에는 원화의 우두머리이자 여성인 준정과 남모랑을 질투하는 이들이 많았다.

'그다음은 미진부.'

생각하기도 싫은 인물이었다. 남모의 아버지뻘 되는 이로 진흥태왕의 명령을 받고 아리수** 유역을 공격해서 공을 세운 장수들 중 한 명이었다. 나이보다 한참 어려 보이며 점잖고 기품이 있다는 평가를 받았지만 준정에게는 나이 든 장수였을 뿐이

---

* 　지금의 강릉.
** 　한강의 옛 이름.

다. 남모는 어릴 때부터 미진부를 좋아하여 따라다녔고, 결국 얼마 전부터는 정을 통하는 사이라는 소문이 돌았다. 적지 않은 사람들의 손가락질에도 남모와 미진부는 개의치 않았다.

그런데 얼마 전부터 묘한 소문이 돌았다. 미진부가 선왕인 모즉지매금왕*의 후궁이었던 묘도부인과 사통을 한다는 것이다.

'미진부가 묘도부인과 혼인하기 위해 남모를 없앴을 수도 있어.'

어쩌면 미진부가 묘도부인과 혼인을 해야 하니 그만 만나자고 했을지도 모를 일이다.

하지만 고집이 센 남모가 거절했다면 미진부나 묘도부인이 손을 썼을 수도 있었다. 만약 그랬다면 아까 강둑에 미진부가 모습을 보인 것도 이해가 갔다.

"남모의 죽음을 확인하러 왔던 거였어."

마지막 용의자는 생각하기도 싫지만 남모의 어머니인 보과부인이었다. 그녀 역시 미진부를 좋아했기 때문에 딸인 남모를 경쟁자로 생각했다. 심지어 자고 있는 딸을 죽이기 위해서 칼을 들고 몰래 방으로 들어가려 했다는 소문이 돌 정도였다. 사실인지 아닌지는 알 수 없지만 둘 사이가 거의 원수지간처럼 되어 한집에 살면서 얼굴도 안 보고 사는 건 사실이었다.

* 법흥왕의 또 다른 이름.

용의자들의 얼굴을 하나씩 떠올리면서 준정은 이를 악물었다. 진흥태왕에 의해 원화로 뽑혔을 때 남모와 준정은 진심으로 기뻐했다. 남자들이 아닌 여자들의 힘으로 나라를 지키고 도를 수련할 수 있는 길이 열렸기 때문이다. 불국사가 있는 토함산에서 반짝이는 별들을 올려다보던 남모가 준정을 끌어안은 채 감격에 찬 목소리로 말했던 것이 떠올랐다.

　"이제 우리도 풍류도를 익힐 수 있게 되었어. 우리 손으로 신라를 지킬 수 있어."

　그러면서 맹세했다. 사다함과 무관랑처럼 한날한시에 죽기로 말이다. 남모를 잃은 슬픔과 추억 속에 잠겨 있던 준정은 우뚝 솟은 월성을 보고서야 정신을 차렸다.

　준정은 해자 위에 올려진 다리를 건너 엄촉을 따라 오르막길로 말을 몰았다. 인화문에 도달했을 때 문루를 지키던 시위군이 군호를 외쳤다.

　"산수!"

　"풍경!"

　군호가 확인되자 인화문이 천천히 열렸다. 엄촉은 서두르라는 손짓을 하고는 그대로 말을 몰고 안으로 들어갔다. 엄촉을 보낸 시위군이 준정 앞에 서서 손을 내밀었다. 준정은 허리에 차고 있던 환두대도를 풀어서 건네주고는 서둘러 엄촉을 따라 갔다.

월성으로 들어간 준정은 오른쪽에 보이는 대전인 조원전 쪽이 아니라 왼쪽으로 말머리를 트는 걸 보고 의아하게 생각했다. 하지만 말을 붙일 상황이 아니라서 잠자코 뒤를 따랐다.

엄촉이 준정을 데리고 간 곳은 월성의 동쪽에 있는 명학루였다. 작은 연못에 딸려 있는 명학루는 임금이 후궁들과 주로 산책을 하거나 얘기를 나누는 곳으로 월성에서도 가장 은밀한 공간이었다. 준정 역시 한 번밖에 가 본 적이 없는 곳이라 엄촉이 그 앞에서 말을 멈췄을 때 적잖이 당황했다.

둥근 연못 한가운데 작은 섬이 있고, 거기에 3층 높이의 명학루가 있었다. 명학루로 가기 위해서는 나무로 만든 다리를 건너야 했다. 다리는 기둥 사이로 배가 지나갈 수 있도록 가운데가 불룩 솟은 형태였다.

다리 앞에 선 엄촉이 어서 건너가라는 손짓을 했다. 준정은 천천히 다리의 계단을 올랐다. 계단을 다 오르자 연못 위에 있는 명학루가 보였는데 3층에 누군가 서 있었다. 처마 그늘에 가려진 데다가 비바람이 쳐서 얼굴을 알아보기는 어려웠지만 옷차림이나 머리 모양으로 봐서 진흥태왕은 아니었다.

준정은 숨을 고르고는 명학루 계단을 올랐다. 다른 전각들과 달리 주변을 보면서 올라갈 수 있도록 나선형으로 만들어진 계단을 오르자 기다리고 있던 사람의 모습이 드러났다. 끝자락을 붉게 물들인 흰 주름치마 위에 소매와 옷깃이 금실로 장식된 자주색 두루마기를 입고 있었다. 옥구슬 수십 개를 꿴 가슴꾸미개와 금으로 줄을 만들어 곡옥으로 장식한 목걸이에 곡옥과 금이 치렁치렁하게 늘어지는 금귀고리까지 한, 단아하면서 차가운 인상의 나이 든 여성이었다.

먼발치서 몇 번 본 적이 있는 얼굴에 준정은 얼른 무릎을 꿇었다.

"태후 마마!"

진흥태왕의 어머니이자 한때 수렴청정을 했던 지소태후는 무표정한 얼굴로 준정을 바라봤다.

"남모랑의 소식을 들었다."

"분노를 금할 길이 없습니다. 마마."

"누가 죽였는지는 밝혀졌느냐?"

"이른 아침인 데다 안개가 낀 상태라 목격자가 없습니다. 하지만 소녀가 무슨 일이 있어도 범인을 찾을 것입니다."

분노를 억누른 준정의 얘기를 들은 지소태후가 명학루 바깥을 쳐다봤다. 짙은 먹구름과 강한 빗줄기 때문에 대낮임에도 한밤중처럼 어두컴컴했다.

"너는 태왕께서 원화를 만드신 뜻을 아느냐?"

"여자들에게도 풍류도와 무예를 익혀서 나라를 지키는 기둥을 만들고자 함이 아니었습니까?"

준정의 대답을 들은 지소태후가 쓴웃음을 지었다.

"본래 우리 신국 신라는 남성과 여성이 평등했지. 하지만 언제부터인가 남성들이 나서서 여성들의 권리를 하나씩 빼앗아 갔단다."

"맞습니다. 전쟁에서 승리하고 나라를 지켰다는 것을 명목으로 삼았지요. 그래서 저와 남모도 전쟁터에서 공을 세우기로 맹세했습니다."

준정의 얘기를 들은 지소태후는 뜻 모를 미소를 지었다.

"그래서 태왕께 고해서 원화를 만들었던 것이지."

"네? 그럼 원화가 태후 마마의 뜻으로 시작된 것이었습니까?"

말없이 고개를 끄덕거린 지소태후가 가까이 오라는 손짓을 했다. 무릎을 펴고 일어난 준정은 지소태후 곁으로 갔다.

난간 앞에 선 지소태후가 빗줄기가 쏟아지는 월성과 그 너머 서라벌을 바라봤다.

"우리 시대는 저물고 있어."

"그게 무슨 말씀이십니까?"

"진흥태왕께서 왕위에 오르셨을 때 불과 일곱 살이셨지. 나와 시어머니인 보도왕태후가 함께 수렴청정을 했다네. 하지만 여자들이 나라를 통치하는 일에 반발이 심했고, 결국 진흥태왕께서 열여덟 살이 되었을 때 개국이라는 연호를 쓰면서 직접 통치하기 시작했지."

"그 이후에도 태후 마마는 왕실의 큰 어른으로 목소리를 내지 않으셨습니까?"

준정의 말에 지소태후는 쓴웃음을 지었다.

"그러려고 노력했지만 대신들의 반대에 부딪히면서 차츰 힘이 약해졌지. 그나마 화랑에 맞설 원화를 만드는 데는 성공했지만 말이야."

"제가 태후 마마의 뜻을 이어가도록 하겠습니다."

힘주어 말하는 준정을 바라보던 지소태후가 씁쓸한 표정을 지었다.

"안타깝지만 꽃이 질 때가 되었다."

"마마."

"서라벌을 떠나서 멀리 가게. 땅 끝이든 세상 끝이든 말이야."

"왜 그래야만 합니까?"

준정의 반발에 지소태후는 고개를 떨궜다.

"진흥태왕께서 위중하시네."

"정말입니까? 마흔을 넘긴 지 얼마 안 되신 걸로 알고 있는데요?"

"마흔둘이지. 어릴 때 임금 자리에 올라 온갖 번뇌를 짊어지고 살다 보니 몸과 마음 모두 너무나 일찍 지쳐 버리신 것 같네."

"아무리 그래도……."

"몇 년 전 동륜태자가 갑작스럽게 세상을 떠난 후 특별히 상심이 크셨네. 그리하여 머리를 깎고 불가에 귀의해 마음의 평안을 찾으려 했던 것이고."

"진흥태왕께서 돌아가시면 원화도 없어진다는 말씀이십니까?"

"화랑들의 위세가 워낙 대단해서 말이야. 진흥태왕께서 돌아가시면 나도 속세를 떠나 출가를 해야만 하네. 이제 꽃이 질 때야."

"아닙니다. 원화는 싸우는 꽃입니다. 함부로 꺾이지도, 이리져 버릴 수도 없습니다."

"죽음이 두렵지 않나 보군."

"남모랑의 복수를 할 때까지는 죽을 수 없습니다."

"남모와 그대는 나이가 동갑이지?"

지소태후의 물음에 준정은 고개를 끄덕거렸다.

"열일곱입니다."

"죽기는 이른 나이야. 남모랑은 안타깝게 세상을 떠났지만 너까지 잃고 싶지 않아. 그러니 부디 서라벌을 떠나 멀리 가게."

"남모랑의 죽음을 파헤치기 전까지는 떠나지 않을 겁니다."

준정이 고집을 부리자 지소태후는 작게 한숨을 쉬었다. 그러고는 귀고리에 달린 곡옥을 하나 떼어서 건넸다.

"이걸 가지고 대아찬 미진부를 만나거라."

"만나서 무엇을 합니까?"

"나의 명으로 찾아왔다고 하면 얘기를 해 줄 것이다."

"범인이 누군지 말인가요?"

"지금은 산 사람이 사는 게 더 중요해. 그만 돌아가게."

지소태후가 더 할 말이 없다는 듯 등을 돌렸다. 조용히 고개를 숙인 준정은 명학루를 내려와서 다리를 건넜다. 나무 아래에서 비를 피하던 엄척이 얼른 말을 끌고 다가왔다. 준정이 말을 타는 걸 본 엄척이 따라오라는 말을 남기고는 고삐를 챘다.

말을 몰기 전에 준정은 고개를 돌려 명학루를 바라봤다. 3층 난간에 기대 이쪽을 바라보는 지소태후의 그림자가 보였다. 준정의 시선을 느꼈는지 지소태후는 곧 돌아서서 자취를 감췄다.

엄척은 준정을 인화문 밖까지 안내해 주고는 돌아섰다. 삐걱거리며 닫히는 인화문을 물끄러미 바라보던 준정은 말 머리를 돌렸다.

'미진부의 집이 어디였더라?'

다행히 남모에게 들었던 기억이 났다. 미진부의 집은 뒤쪽으로 월성을 등진 채 계림 부근에 자리 잡고 있었다. 탈해 이사금 때 닭의 울음소리를 듣고 달려간 호공이 나무 아래 있는 흰 닭을 발견한 곳이다. 닭이 서 있는 나뭇가지에는 금으로 된 궤짝이 걸려 있었다. 호공이 궤짝을 열자 사내아이가 있었는데 그 아이가 바로 김씨 왕족의 시조인 김알지였다는 전설이 전해져 내려온다.

다리를 건넌 남모는 월성을 따라 만들어진 해자를 따라 동쪽으로 향했다. 해자에 채워진 물에서 노닐던 거위들이 인기척에 놀라 일제히 하늘로 날아올랐다.

준정이 가족들과 함께 살고 있는 이매택만큼이나 넓고 큰 대문 앞에는 칼을 찬 가병*이 지키고 있었다. 빗줄기가 서서히 약해지는 와중에 말을 탄 준정이 다가오자 가병이 한 걸음 앞으로 나와서 막아 섰다.

"대아찬 미진부를 만나러 왔다!"

"누구신지는 모르겠지만 주인께서는 아무도 들이지 말라 하셨습니다."

가병이 한 손을 칼자루에 얹은 채 다리를 살짝 벌렸다. 여차하면 칼을 뽑겠다는 신호였고, 보이지는 않았지만 대문 안쪽에도 몇 명이 매복하고 있을 게 뻔했다. 그중 한둘은 궁수일 수도 있었다.

살벌한 가병의 분위기에 한숨을 쉰 준정이 지소태후에게 받은 곡옥을 내보였다.

"이걸 보여 주고 준정랑이 찾아왔다고 전하게."

가병이 가볍게 고개를 끄덕인 후 대문 옆의 쪽문으로 사라졌다. 그사이 비가 완전히 그치면서 햇살이 드리워졌다.

잠시 후, 남자 종과 함께 나타난 가병이 말했다.

---

* 권세를 가진 개인이 사사로이 길러서 부리는 병사. 사병.

"말과 무기는 이자에게 맡겨 놓고 따르십시오."

말에서 내린 준정은 남자 종에게 칼을 건네주고 유삼을 벗어서 말안장에 걸쳐 놓은 후, 안으로 들어갔다.

대문 안쪽은 마굿간과 창고로 사용하는 행랑으로 둘러싸여 있었다. 행랑 사이에 난 문으로 들어가자 저택으로 이어지는 다리가 나왔다. 다리를 건넌 가병이 마당에 난 전돌을 밟으며 왼쪽 대나무숲으로 향했다. 대나무숲으로 들어서자 더위와 햇살이 한층 누그러지면서 서늘함이 느껴졌다. 대나무숲 가운데에는 겹처마에 지붕이 모이는 합각을 금판으로 장식한 정자가 보였다.

정자에는 하얀색 도포를 입은 미진부가 가야금을 타고 있었다. 가병이 옆으로 물러났다. 준정은 돌로 된 계단을 밟고 정자로 들어갔다. 가야금을 타고 있는 미진부의 앞에 빈 의자가 있어 자연스럽게 그곳에 앉았다. 손가락으로 가야금의 현을 가볍게 튕긴 미진부가 준정을 바라봤다. 절친한 친구이자 원화인 남모를 빠져들게 만들고, 법흥왕의 후궁이었던 묘도부인과 남모의 어머니인 보과부인마저 사랑에 눈이 멀게 만든 미진부는 특별히 잘생긴 외모는 아니었다. 하지만 나이보다 훨씬 젊어 보이는 얼굴에 부드러운 눈빛을 가지고 있었다.

미진부가 입을 열었다.

"가야의 우륵이라는 악공이 들고 온 악기지. 진흥태왕께서 낭성에 행차하셨을 때 국원에 머물고 있던 우륵과 그 제자 니문을 불러서 친히 연주를 했지. 그때 신하들 중 일부는 우륵의 음악이 나라를 망하게 한 음악이니 받아들여서는 안 된다고 하였네. 그때 진흥태왕께서 뭐라고 하셨는지 아는가?"

준정이 고개를 젓자 미진부가 가야금을 옆으로 밀어 놓으며 말했다.

"가야가 망한 것은 어리석고 무능한 임금 탓이지 우륵의 음악은 아무런 상관이 없다고 하였네. 당시 진흥태왕의 춘추는 열일곱이었네."

"제 나이와 같군요."

"누구보다 영민하셨고, 크게 멀리 볼 줄 아셨지. 하지만 그렇게 받아들인 우륵의 음악을 그냥 쓰지는 않으셨어."

"그럼요?"

"만덕과 법지, 계고라는 악사들을 보내서 우륵의 음악을 신라의 것으로 바꾸라고 명하셨네. 포용하고 받아들이되 그냥 받아들이지 않고, 우리의 것으로 만들었지. 그 후 진흥태왕께서는 백제와 고구려를 치고 가야를 병합하셨네. 강역은 두 배로 넓어졌고, 백성의 숫자도 늘어났지."

"남모랑이 오늘 아침에 죽었습니다. 북천에서요."

"먼발치에서 봤네. 시신은 어디로……?"

"북천가에 있는 민황사에 모셨습니다."

뭔가 말을 하려던 미진부는 준정의 눈빛을 읽고는 입을 다물었다. 그게 더 짜증이 난 준정이 퉁명스러운 말투로 덧붙였다.

"누군가의 손에 살해당했습니다. 저는 살인자를 찾아서 복수를 할 것이고 말입니다."

미진부가 날카로운 눈빛으로 준정을 쏘아봤다. 준정은 저도 모르게 몸을 살짝 떨었다.

"내가 죽였다고 생각하는가? 묘도부인과 혼인하기 위해 걸리적거리는 남모랑을 없앴다고 말이야."

"아직은 그렇게 생각하지 않습니다. 다만 물증과 증인들이 살인자가 대아찬이라 가리킨다면."

허리를 편 준정이 차가운 목소리로 덧붙였다.

"기필코 복수할 것입니다."

그 얘기를 들은 미진부가 수염을 쓰다듬으며 말했다.

"남모랑에게 들은 대로군. 준정은 자기가 누군가에게 죽임을 당한다면 반드시 복수할 친구라고 했지."

"반대였다고 해도 마찬가지일 겁니다. 남모랑을 마지막으로 본 게 언제였습니까?"

"한 달 전쯤 불국사에서 본 게 마지막이었네."

"그때 남모랑의 모습은 어땠습니까?"

"오래 얘기를 나누지는 못했네. 보는 사람들이 많아서 말이야. 다만 초췌해 보이더군."

"헤어지자 하셨습니까?"

준정의 물음에 잠시 생각하던 미진부가 아까 가병에게 들려 보냈던 곡옥을 만지작거리며 말했다.

"남모는 나의 딸일세."

"뭐라고요?"

"나도 얼마 전에 알았어. 젊은 시절에 보과부인과 야합을 한 적이 있었는데 그때 잉태된 모양이야. 어머니에게 얘기를 듣고 나를 찾아왔더군."

"그, 그게 사실입니까?"

충격을 받은 준정의 물음에 미진부가 잠시 눈을 감았다 떴다.

"잘 모르겠네. 갑작스럽게 얘기를 해서 말이야. 하지만 남모 랑이 그렇게 믿고 있다면 그대로 두는 것도 나쁘지 않을 거라 생각했네."

남모가 미진부를 따라다녔던 까닭은 연모가 아니라 아버지 에 대한 정이었던 것이다.

예상 밖의 대답에 충격을 받은 준정은 비로소 지소태후가 미 진부를 찾아가라고 한 이유를 알아차렸다. 혹시나 그를 범인으 로 오해할까 봐 미리 손을 쓴 것이다.

"우리 둘이 정분이 났다는 소문이 돌고 있다는 걸 알고 있네. 그래서 세상에 밝힐까 했는데 남모가 거절했지."

"왜요?"

"나의 딸이라는 사실이 밝혀지면 그걸로 원화가 되었다는 오해를 사게 될 것이라 생각했지. 그러고 싶지 않다 하였네. 하지만 계속 고민을 하고 있었던 것 같아."

남모가 고민에 빠졌던 게 그때쯤이라는 사실을 기억해 낸 준정은 아랫입술을 깨물었다.

"오늘 오전에 북천에는 무슨 일로 오셨습니까?"

"산책이었네. 새로 산 사냥개들도 길들일 겸 해서 말이야."

"거기서 남모랑과 만났습니까?"

"아니, 안개가 하도 심하게 껴서 걷히기를 기다리고 있었네. 그러다가 이상한 소리가 들려서 그쪽을 바라봤는데 사람이 죽었다는 소리와 울음소리가 들려서 지켜보고 있었네. 그러다 자네가 나타났고, 일이 심상치 않게 돌아가는 것 같아서 돌아왔지."

"거기서 죽은 게 남모랑이라는 건 언제 알았습니까?"

"몰랐네. 다만 모여든 자들이 남모랑의 낭도들이라는 걸 보고 혹시 했지. 맹세코 근처에 가지 않았네. 그때 나를 따르던 자들이 모두 봤고 증언해 줄 것이야."

"그래 봤자 아찬의 종이거나 식객들 아닙니까?"

"그곳에서 탐진랑을 만났네."

"탐진랑이요?"

그 이름을 들은 준정의 얼굴이 저절로 찌푸려졌다. 화랑들은 여성이 우두머리인 원화를 싫어했다. 특히 가장 싫어한 화랑이 바로 탐진랑이었다.

"자네도 알다시피 탐진랑의 집안과 우리 집안은 사이가 좋지 않네. 그러니 탐진랑이 내 편을 들어서 거짓말할 리는 없지 않은가?"

"탐진랑이 왜 그곳에 있었습니까?"

"안 그래도 궁금해서 물어봤더니 어물쩍 넘어가더군. 대릉 근처가 집이긴 하지만 아침 일찍 올 이유는 없는 곳이지."

지소태후가 미진부를 찾아가 보라고 한 것은 어쩌면 이런 얘기를 미리 들었기 때문일 수도 있겠다는 생각에 준정은 잠시 생각에 잠겼다.

"그럼 한 가지만 더 여쭙겠습니다. 안개 속에서 들은 소리는 무엇이었습니까?"

준정의 물음에 미진부는 의미심장한 미소를 지었다.

"애원하는 목소리였네."

"살려 달라는 소리였나요?"

"아니, 뭔가를 바라는 듯한 느낌이었어."

안개 속에서 들려온 목소리의 주인이 남모가 아니었다면 살인자의 것이 틀림없었다. 그런데 살인자는 대체 왜 남모에게 애원했을까?

생각에 잠겨 있는 준정을 바라보던 미진부가 말했다.

"올봄 원화가 만들어졌을 때 다들 반대했었네. 태왕께서 기어이 밀어붙이셨지. 그러나 꽃은 언제고 지게 되어 있어."

준정은 아랫입술을 깨물었다.

"여자는 풍류도를 익히면 안 되거나 칼을 들지 말라는 법이 있나요?"

"없지. 그러니까 막는 걸세."

"빼앗길까 봐 말인가요?"

준정의 대답에 미진부는 애매모호한 미소를 지었다. 더 이상 들을 얘기가 없다는 걸 눈치챈 준정은 자리에서 일어났다.

미진부의 저택에서 나와 말에 탄 준정은 안장에 걸쳐 놓은 유삼을 물끄러미 바라보다가 말 머리를 북천으로 돌렸다. 그러는 내내 꽃이 져야 할 때라는 지소태후와 미진부의 말이 떠올랐다. 그 와중에 더없이 절친한 친구인 남모가 목숨을 잃었을지도 모른다는 생각까지 더해져 분노가 치밀었다.

이런저런 생각을 하면서 민황사에 도착한 준정은 한 무리의 사람들이 수레에 뭔가를 싣고 떠나는 걸 바라봤다. 남모의 집안 종들과 가병들이라는 사실을 깨달은 준정은 그들이 사라질 때까지 길가 나무 뒤에 몸을 숨겼다. 그리고 유삼을 챙겨서 그들을 배웅하고 돌아서는 민율 스님에게 다가갔다.

"스님."

준정을 본 민율 스님이 아무 말 없이 그녀의 팔을 끌고 대문

가로 갔다. 그리고 주변을 살펴본 후 입을 열었다.

"방금 보과부인이 남모랑의 시신을 가져갔네."

"저쪽에서 봤습니다."

"급히 가져가는 게 좀 수상쩍긴 했지만 말릴 명분이 없어서 말이야."

"시신은 살펴보셨습니까?"

"비구니가 살펴봤다고 하네. 얼굴에 난 상처는 앞으로 넘어지면서 바닥의 자갈에 부딪쳐서 생긴 것 같다고 하더군."

"그럼 치명상은 뭐였습니까?"

"칼에 찔린 옆구리일세. 뒤에서 찔린 듯한데 3촌* 정도 파고들었어."

"흉기는 최소한 칼날이 3촌 이상이라는 얘기네요."

"맞아. 그리고 칼날이 아래에서 위로 올라왔어. 비스듬하게."

민율 스님이 손가락으로 칼날이 들어간 각도를 보여 주자 준정은 생각에 잠겼다.

"뒤에서 칼에 찔렸다면 기습을 당했다는 얘기예요. 적어도 등을 보일 만큼 신뢰하는 사이였다는 뜻일 수도 있고요. 그리고 아래에서 위로 비스듬하게 찔렸다면 살인자는 남모랑보다 키가 작다는 얘기가 되겠네요."

---

*　고대의 도량형. 1촌은 약 3센티미터를 의미한다.

"아마도. 그리고 아까 탐진랑이 보낸 가병이 민황사 근처를 어슬렁거렸네."

"뭐라고요?"

"잡아서 무슨 일이냐고 물었더니 주인의 분부를 받고 남모랑의 시신이 이곳에 있는지 알아보러 왔다고 했어. 시신이 이곳에 있는지 어떻게 아느냐고 물으니까 제대로 대답하지 못했고 말이야."

탐진랑을 현장 근처에서 봤다는 미진부의 얘기를 떠올린 준정은 아랫입술을 깨물었다. 그런 준정을 본 민율 스님이 걱정스러운 표정을 지었다.

"아직 확실한 건 아니니 섣부르게 판단하지 말게."

"알겠습니다."

"장례식에 갈 텐가?"

주저하던 그녀는 고개를 저었다.

"사람들 앞에서 울고 싶지 않아요. 특히 보과부인 앞에서는요."

"그럼 내일 남모랑을 위한 제를 올릴 생각이니까 저녁때 와."

"반드시 살인자의 목을 가지고 오겠어요."

"사찰 안에 수급*을 들고 올 생각은 하지 마. 복수심도 문밖에 놔두고 함께했던 좋은 기억과 슬픔만 가지고 들어와."

---

*   싸움터에서 베어 얻은 적군의 머리.

딱 잘라 말한 민율 스님이 준정이 건넨 유삼을 받아 들고는 민황사 안으로 들어갔다. 멀어져 가는 그를 향해 공손하게 합장을 한 준정은 다시 말에 올라탔다.

'뒤에서 찔렸고, 아래에서 위로 비스듬하게 칼이 파고들었다?'

남모가 신중한 성격의 소유자라는 걸 감안한다면 미심쩍은 분위기에서 모르는 사람이나 위험한 사람에게 등을 보이지는 않았을 것이다. 거기다 차고 있는 칼을 뽑지도 않았다는 걸 감안하면 더더욱 확실했다.

'가까운 사람의 소행이군.'

남모가 배신을 당했다는 사실에 분노가 치솟았다. 그러면서 탐진랑에 대한 의심이 서서히 거둬졌다. 남모라면 탐진랑이나 그 수하들 앞에서 결코 등을 보일 리가 없었기 때문이다.

그래서 준정은 탐진랑을 찾아가려던 계획을 접고 일단 집으로 돌아가기로 했다. 민율 스님 말대로 신중하게 생각해야만 했기 때문이다.

집으로 돌아온 준정은 기다리고 있던 집사에게 말했다.

"피곤해."

"후원의 별채에 목욕물을 데워 놓으라고 하겠습니다. 다치신 곳은 없습니까?"

"없어."

준정은 별채로 향했다. 별채 안의 목욕통에는 따듯한 물이 채워져 있었다. 준정은 물에 몸을 담갔다. 그리고 목욕통의 모서리에 머리를 기댄 채 생각에 잠겼다.

'누가 죽였을까?'

그것보다는 왜 남모를 죽였는지가 궁금했다. 원화의 우두머리가 되면서 미움을 받기는 했지만 남모는 진골 집안 출신에 왕실과도 핏줄이 이어져 있었다. 웬만큼 간이 크지 않고는 손을 못 댈 신분이었다. 다시 탐진랑이 떠올랐지만 남모가 그의 접근을 허용할 리 없었다.

문득 올봄, 원화를 처음 만들면서부터 시작된 탐진랑과의 악연이 떠올랐다. 원화에 뽑힌 두 여성의 무술 실력이 형편없다는 소문을 퍼트린 것에 분개한 남모가 대결을 신청한 것이다.

북천의 벌판에서 벌어진 대결에서 탐진랑은 활쏘기와 말타기에서 모두 세 살 아래인 남모에게 지면서 망신을 사고 말았다. 패배한 탐진랑은 이를 갈았지만 진흥태왕이 지켜보고 있는 상황이라 어쩔 수 없이 패배를 인정해야만 했다.

'하지만 그자라면 흉계를 꾸미고도 남겠지.'

석탈해의 후손을 자처하는 탐진랑의 집안은 왕실에서도 골칫거리로 여기는 중이었다. 그러니 더더욱 남모가 결코 등을 보이지 않을 사이이기도 했다.

'그런데 남모는 그 시간에 거기는 왜 간 거지?'

안개가 잔뜩 낀 새벽에 집에서 먼 곳까지 간 이유를 도무지 알 수 없었다. 새벽잠이 많은 남모는 아침 일찍 눈을 뜨는 일이 드물었다.

'누군가 불렀거나 그곳에서 만나기로 한 것이 아니고서야.'

서라벌에는 사람들끼리 만날 수 있는 찻집이나 사찰이 얼마든지 있었다. 그런데 북천의 강가까지 갔다는 것은 남의 눈에 띄지 않게 누군가를 만나야만 했다는 뜻이다. 이런저런 생각에 잠겨 있던 준정은 눈을 감고, 뜨거운 물에 몸을 맡겼다.

그러다 문득 잊고 있었던 기억이 떠올랐다. 그리고 그것을 둘러싼 거짓말을 깨닫게 된 준정은 흐릿하던 살인자의 모습을 확실하게 떠올릴 수 있었다.

다음 날, 눈을 뜬 준정은 집을 나설 준비를 서둘렀다. 민황사에 들러 남모를 위한 제례에 참석하기 위해서였다. 그때 집사가 헐레벌떡 달려왔다.

"나와 보셔야겠습니다."

"무슨 일인데?"

준정의 반문에 집사가 난감한 표정을 지었다.

"남모랑의 낭도들이 몰려왔습니다."

일이 심상치 않게 돌아가는 걸 느낀 준정이 저고리 끈을 서둘러 매듭짓고 환두대도를 챙긴 다음 집사를 따라갔다. 집사가 준

정을 데려간 곳은 이매택 부근 시림이라고 부르는 소나무숲이
었다.

숲 가운데 공터에 남모랑의 낭도들이 둥그렇게 모여 있고 그
가운데에는 피투성이가 된 호매가 무릎을 꿇고 있었다.

준정이 다가가자 거라지가 성난 표정으로 말했다.

"남모랑을 죽인 범인을 찾았습니다."

거라지의 시선이 무릎을 꿇고 있는 호매에게 닿은 걸 본 준정
이 물었다.

"이자가?"

"자백을 했습니다."

얘기를 들은 준정이 호매를 바라봤다. 작은 체격에 소극적이
고 나약한 성격으로 사미는 모르겠지만 낭도로는 낙제였다. 거
기다 남모를 누구보다 좋아했다. 준정은 의구심을 감추지 못한
채 호매를 노려봤다. 고개를 돌린 호매가 피범벅이 된 이빨을
드러내며 웃었다.

"제가 죽였습니다."

"왜?"

"제 마음을 받아주지 않았으니까요. 거기다 늙은 미진부에게
빠져 있는 게 얄미웠습니다."

준정은 미친 듯이 웃는 호매에게 다가가서 뺨을 때렸다.

"내 앞에서 한 번만 더 웃었다가는 입을 찢어 버리겠다. 네가

정녕 살인자가 맞느냐?"

"그렇다니까요. 내가 남모랑을 죽였습니다. 새벽에 북천의 일향교에 가는 걸 알고 뒤따라가서 제 마음을 받아달라고 애원했습니다. 그런데 듣는 척도 하지 않아서 돌아서는 틈을 노려 칼로 찔렀습니다."

"그래 놓고 목격자인 척한 거야?"

"그렇습니다. 원래는 미진부에게 누명을 씌우려고 했는데 늦게 나타나는 바람에 실패하고 말았죠."

호매의 얘기를 들은 준정이 돌아서서 거라지를 바라봤다.

"어떻게 자백을 받은 거지?"

"어느 때는 울다가 어느 때는 미친 듯이 웃어서 다들 이상하게 여겼습니다. 그러다가 남모랑을 죽였다는 혼잣말을 듣고 잡아다 문초했더니 자백했습니다."

"뭘로 죽였다고 했는데?"

"가지고 다니는 칼로 등 뒤에서 찔렀다고 했습니다. 그 자리에서 찢어 죽이려고 했지만 준정랑에게 말씀을 드려야 할 것 같아서 끌고 왔습니다."

"그러니까 순간적인 분노에 휩싸여서 남모랑을 죽였다?"

"아마도요."

거라지의 얘기를 들은 준정은 돌아서서 호매에게 다가갔다. 그리고 조용히 물었다.

"한 가지만 묻겠다. 그 시간에 남모랑이 일향교로 가는 건 어떻게 알았지?"

"그, 그건."

준정은 거라지를 바라봤다. 거라지가 어깨를 으쓱거렸다.

"활쏘기를 연습하러 갔다가 우연찮게 마주쳤다고 했습니다."

"안개가 그렇게 낀 북천으로? 그리고 호매가 무슨 돈으로 활을 장만한 거야?"

준정의 물음에 거라지가 동료들을 바라봤다. 낭도들이 하나같이 고개를 젓자 거라지가 대답했다.

"우리 중에 빌려준 사람은 없습니다."

"호매가 가지고 있던 활을 가지고 와 봐."

거라지가 손짓을 하자 낭도 중 한 명이 활을 들고 왔다. 옻칠이 된 활을 넘겨받아 이리저리 살펴본 준정이 중얼거렸다.

"옻칠에 소뿔을 썼군. 호매가 살 수 있는 활은 아닌 것 같은데?"

"얼마 전부터 들고 다녔습니다. 어디서 났는지 물어도 제대로 대답하지 않더군요."

준정이 노려보자 호매가 대답했다.

"재물을 아껴서 산 겁니다."

호매의 얘기를 들은 준정은 활을 잡는 부분인 줌통을 감싼 줌피를 바라봤다. 사슴 가죽을 겹겹이 싸서 땀에 미끄러지는 걸

막도록 되어 있었다. 준정은 허리에 차고 있던 작은 칼로 줌피를 찢었다. 그리고 줌통을 살펴본 준정은 작게 한숨을 쉬었다. 옆에 있던 거라지가 물었다.

"뭐가 있습니까?"

준정은 조용히 줌통 쪽에 새겨진 글씨를 보여 줬다.

"석(石) 자가 새겨져 있군요."

"탐진랑의 집안에서 만든 활이라는 뜻이야."

"그 집안은 부자라서 활을 따로 팔 필요가 없을 겁니다. 아마 자기 밑의 낭도로 받아들이겠다는 뜻으로 건네줬겠죠."

비로소 진실을 알게 된 준정은 하늘을 올려다보면서 한숨을 쉬었다. 지소태후와 미진부 모두 자신에게 도망치라고 하거나 만류하려고 한 것도 이해가 갔다. 탐진랑의 배후에 있는 석씨 집안과 대립해서 좋을 게 없었기 때문이다. 더군다나 진흥태왕이 승하하기 직전인 지금 상황이라면 더더욱 말이다.

"무술을 겨루다가 패배한 것 때문에 원한을 가진 게 분명합니다."

"비겁한 놈 같으니."

"탐진랑은 지금 가야산에 수련을 하러 갔다고 합니다."

"낭도들에게 남모랑이 죽은 장소로 모이라고 해."

"알겠습니다. 저놈은 어찌할까요?"

거라지가 호매를 바라보며 묻자 준정이 대답했다.

"데리고 갔다가 같이 와. 탐진랑이 자백하지 않으면 증인으로 삼아야 하니까."

고개를 숙인 거라지가 낭도들과 호매를 끌고 사라졌다. 준정은 호매의 활을 세게 움켜잡았다.

준정은 말을 타고 곧장 북천으로 향했다. 검은색 새 깃을 꽂은 절풍과 녹색 저고리에 붉은색 바지를 입은 준정은 집사의 배웅을 받으며 북천의 일향교로 향했다. 준정은 심정이 더없이 복잡했지만 일단 복수를 하겠다는 생각만 했다. 어제 내린 비 때문인지 길이 질퍽거렸다. 생각보다 조금 늦게 도착한 준정이 일향교를 건너자 강가에 모여 있는 남모의 낭도들이 보였다. 2백여 명이 넘는 낭도들은 모두 활과 칼, 창으로 무장한 상태였다. 준정이 말에서 내리자마자 거라지가 달려왔다.

"거의 다 왔습니다. 가야산에 간 탐진랑의 낭도들이 백 명이 채 안 되니 충분합니다."

"할 얘기가 있으니 앞장서라."

거라지는 아마도 복수하기 전에 짧게 남모랑의 명복을 비는 시간을 가질 것이라고 생각했는지 순순히 돌아섰다. 준정은 그때를 놓치지 않고, 환두대도를 뽑아서 거라지의 등을 찔렀다. 순식간에 벌어진 일이라 거라지는 미처 피하지 못하고 그대로 칼에 찔리고 말았다. 가슴을 뚫고 나온 칼날을 내려다본 거라지의 눈이 커졌다.

"주, 준정랑!"

"주인을 죽인 주제에 나까지 속이려고 하다니, 연옥으로 떨어져라."

뭔가 말을 하려던 거라지는 눈을 까뒤집은 채 쓰러지고 말았다. 쓰러진 거라지의 등을 밟고 환두대도를 뽑은 준정은 말없이 지켜보던 낭도들에게 외쳤다.

"호매를 데려와!"

낭도들이 꽁꽁 묶인 호매를 끌고 왔다. 고개를 숙인 채 끌려온 호매는 거라지의 시신을 보고는 흠칫 놀랐다. 떨고 있는 호매 앞에 선 준정이 말했다.

"거라지가 너에게 거짓 자백을 하라고 했지?"

"그, 그게."

"원래는 탐진랑이 배후라고 거짓 자백을 하려고 했지만 내가 활에서 단서를 찾아내는 바람에 그냥 넘어갔잖아."

낭도들을 돌아보던 호매가 마른침을 삼키며 고개를 끄덕거렸다.

"사, 사실입니다. 그걸 어찌 아셨습니까?"

"부서진 곡옥 조각! 그건 남모랑이 거라지에게 준 거였어."

"네?"

"남모랑의 시신 아래에서 발견한 곡옥 조각을 봤어. 그런데 거라지는 자기는 남모랑이 죽은 이후에 왔다고 했거든."

"뭐라고요?"

"자신을 향한 거라지의 마음이 부담스럽다고 괴로워하기에 내 곡옥을 남모랑에게 주었지. 그걸 거라지에게 선물로 주면서 포기시키라고 얘기한 적이 있었어. 그러니까 시신 아래 곡옥 조각은 거라지가 남모랑과 함께 있었다는 뜻이야. 아마 다시 한번 설득하려고 했고, 남모랑이 듣지 않고 돌아서니까 칼로 찔렀겠지. 무릎을 꿇고 있다가 찔러 상처가 아래에서 위로 났을 것이고 말이야."

"그럼 준정랑은 처음부터 알고 있었습니까?"

호매의 물음에 준정은 고개를 저었다.

"어제 목욕을 하면서 깨달았어. 그러다가 아침에 거라지가 너를 범인으로 모는 걸 보고 확신했지. 남모랑을 죽이고 탐진랑을 범인으로 지목해서 내가 엉뚱한 자에게 복수하게 만들려고 한 거지. 탐진랑을 죽이면 나 역시 죽을 테니까 말이야."

준정의 얘기를 들은 호매가 한숨을 쉬었다.

"사실입니다."

"왜 거짓으로 자백한 거지?"

"먹고살기도 힘들고 남모랑이 제 마음을 몰라주는 게 서운해서 탐진랑 휘하의 낭도로 옮겨 가려고 했습니다. 그런데 그걸 어떻게 알았는지 거라지가 협박을 했습니다."

"뭐라고?"

"북천의 일향교 근처로 남모랑을 불러내라고요."

"네가 부른다고 남모가 나왔단 말이야?"

"미진부가 은밀히 찾는다고 거짓으로 고했습니다."

준정은 피를 흘리며 죽어 가는 거라지의 시신을 노려보면서 중얼거렸다.

"간교한 놈 같으니."

이제 끝났다고 생각한 준정이 낭도들에게 말했다.

"이자의 시신을 끌고 가라. 육신을 갈기갈기 찢어서 사람들에게 보일 것이다."

하지만 잔뜩 굳은 표정의 낭도들은 꿈쩍도 하지 않았다. 옆에 있던 호매가 허망하게 웃었다.

"모르셨군요."

"뭘?"

"거라지는 낭도들을 대표해서 남모랑을 죽인 겁니다."

"무슨 소리야!"

"남모랑이 미진부의 후처로 들어간다는 소문 때문이었습니다. 남모랑이 미진부의 후처가 되면 그녀를 따르던 우리들은 모두 갈 곳이 없어지는 신세가 됩니다."

호매의 얘기를 들은 준정은 어이가 없어 소리쳤다.

"이런 멍청이들 같으니! 그 소문을 진짜로 믿은 거야?"

"탐진랑이 사실이라고 했습니다. 거라지가 대표로 남모랑에게 물었을 때에도 가타부타 대답을 안 했고요. 결국 낭도들끼리 회의를 열어서 결정한 겁니다."

준정은 비로소 지소태후가 멀리 떠나라고 했던 이유를 알게 되었다. 화랑들의 질투가 살의로 변했고, 그걸 막아 줄 진흥태왕이 세상을 떠나기 일보직전이었기 때문이다.

이를 악문 준정이 환두대도의 칼자루에 손을 얹으면서 말했다.

"그래서 배신을 한 것이냐?"

비틀거리며 일어난 호매가 광기에 찬 눈빛을 반짝거리며 대답했다.

"애초부터 여자를 우두머리로 하는 원화는 만들어지면 안 되는 존재였습니다."

"닥쳐라!"

호매가 미친 듯이 웃으며 말하자 준정은 거라지의 피가 묻은 환두대도를 휘둘러 목을 쳤다. 호매가 쓰러지자 낭도들이 일제히 칼을 뽑았다.

환두대도를 움켜쥔 준정이 사방에서 조여 오는 낭도들을 노려보며 외쳤다.

"남모랑!"

우리는 화랑에 대해서 잘 알고 있습니다. 교과서에서 배웠고, 드라마와 영화를 통해서도 봐 왔기 때문이지요. 하지만 화랑 이전에 원화가 존재했다는 것에 대해서는 잘 알지 못합니다. 원화는 『삼국사기』와 『삼국유사』에서 모두 찾아볼 수 있습니다. 어쩌면 화랑과 공존했을 수도 있습니다. 원화는 화랑과 모든 게 비슷했지만 우두머리의 성별이 달랐습니다. 정확하게는 남모와 준정이라는 여성이 이끌었다고 전해집니다. 그러나 3백 명이나 되는 부하를 거느렸던 원화는 오래가지 못했습니다.

『삼국유사』에는 왜 원화가 없어지고 화랑으로 대체되었는지 짐작할 수 있는 기록이 남아 있습니다. 준정이 남모를 질투하여 죽인 다음 시신을 숨겼는데 이 사실이 발각되었고 남모를 따르는 이들에게 준정마저 살해당하자 졸지에 원화를 이끄는 두 명이 모두 사라져 버리게 됩니다. 이후 진흥왕은 원화를 없애고 남성으로만 구성된 화랑을 만들었습니다.

「싸우는 꽃」은 원화의 시작과 끝을 함께한 남모와 준정을 주인공으로 삼고 있습니다. 이 작품의 시작은 작은 의문으로부터 출발했습니다. 정말 준정은 남모를 질투했을까? 과연 역사에 나온 대로 두 사람은 서로 질투하고 미워해서 죽고 죽였던 걸까? 물론 1차 사료인 『삼국사기』나 『삼국유사』를 무작정 틀렸다고 할 수는 없습니다.

다만 역사에 관심이 많은 작가로서 아주 작은 의문을 가져봤습니다. 혹시 음모가 있었던 건 아닐까 하고요. 역사는 결국 승자가 기록하는 것이니까요.

「싸우는 꽃」은 완벽한 저의 상상이고, 역사적 사실과는 맞지 않습니다. 하지만 작가의 상상력은 언제나 기록이라는 빛이 비추지 않는 곳을 바라봅니다. 그것이 작가가 가져야 할 상상력의 책임이라고 믿습니다.

윤해연

2013년 비룡소 문학상을 수상하며 등단했다. 지은 책으로 『오늘 떠든 사람 누구야?』,
『영웅이도 영웅이 필요해』, 『우리 집에 코끼리가 산다』, 『뽑기의 달인』, 『별별마을의
완벽한 하루』, 『그까짓 개』, 『우리는 자라고 있다』 등이 있다.

불을 나르는 소녀

고려의 여전사

화이

"나리, 네 석으로 세 식구가 어찌 일 년을 난단 말입니까? 나무뿌리를 뜯어 먹어도 이걸로는 어림없습니다."

아버지가 포졸 관리인 송가의 소맷부리를 잡았다.

"내 알 바 아니다. 나는 정해진 대로 징수를 한 것뿐이니 억울하면 현으로 쫓아가 보거라."

송가는 소맷부리를 쳐내며 아버지와는 눈도 맞추지 않았다.

아버지는 연신 송가 앞에서 등을 굽실거렸다. 행여나 송가의 마음을 상하게 했다가는 비싼 빚마저 얻을 길이 막힐 터였다.

"나리, 이번만 봐주시면 다음 해에는 두 석을 더 얹어 드릴 수 있을 겝니다. 그러니까 제발 한 석만 더 남겨 주십시오."

"허허, 네놈 사정만 사정이더냐? 그리 따지면 나라에서 뭣하러 세금을 정해 준단 말이냐."

포졸들이 마지막 쌀을 다 싣자 송가는 서둘러 곳간을 빠져나왔다. 아버지는 못내 아쉬운지 송가의 뒤를 졸졸 따라 나왔다.

화이는 아버지와 송가의 모습을 보면서 억장이 무너졌다. 명치끝이 답답한 게 십 년 묵은 밥알이 꽉 얹힌 것만 같았다.

"나리, 나리이……."

아버지는 송가의 바짓가랑이라도 잡고 엎드릴 태세였다. 그때였다.

"종자 쌀 한 석만 남겨 달라고요!"

화이가 악을 쓰듯 소리쳤다.

깜짝 놀란 아버지와 송가 그리고 몇몇 포졸까지 그 자리에서 얼어붙고 말았다. 많아 봐야 열다섯, 열여섯밖에 안 되어 보이는 계집아이가 맹랑한 얼굴로 악다구니를 치니 화가 나기보다는 어이가 없었다. 송가는 수없이 징수를 해 왔지만 이런 경우는 처음이었다. 울거나 신세타령은 이들이 잘하는 짓 중 하나였다. 말도 안 되는 애걸복걸은 집집마다 벌어지는 일이었다. 그런데 저 맹랑한 계집아이가 기세등등 소리를 지르니 송가는 턱하니 말문이 막혔다.

"아이고, 죄송합니다. 나리. 제 여식이 철이 없어서……."

"뭐가 죄송해요? 구걸을 하길 했어요, 세금을 깎아 주길 했어요? 우리가 뭘 죄송해야 하는데요?"

"시끄럽다! 여기가 어디라고 계집아이가 나서는 게야!"

아버지는 도리어 화이에게 성을 내며 화이 앞에 섰다. 잠시라도 송가의 눈에 들지 않도록 화이를 가려야만 했다.

"어차피 죄다 빼앗길 거잖아요! 억울하지도 않으세요?"

화이는 아버지를 밀쳐 내며 대거리하듯 앞으로 나섰다.

"아니, 이 녀석이!"

아버지가 우악스럽게 화이의 팔을 잡아끌었다.

순간 화이는 아버지 손을 뿌리치고는 냅다 뛰었다. 송가와 포졸들이 재미난 싸움 구경이라도 하듯 자신들을 보고 있다는 걸 알아챘다. 그들 앞에서 아버지와 더는 싸우고 싶지 않았다.

화이는 그길로 가마터로 향했다. 화이는 세금을 떼 가는 그들보다 부질없이 당하고 있는 아버지에게 더 많이 화가 났다.

송가와 포졸들이 가고 나자 아버지는 곳간에 쌓아놓은 쌀 네 석을 멍하니 바라보았다.

일 년 내내 지은 한 결 남짓한 땅에서는 겨우 열여섯 석의 쌀이 나왔다. 내리 삼 년째 흉년 치고는 그래도 많은 양이 나온 거라고 했다. 이게 다 아버지의 부지런함과 알뜰함 덕분이었다. 하지만 조세로 떼 간 쌀이 두 석, 공물로 떼 간 쌀이 세 석, 종자와 필요한 걸 사려면 여남은 석은 남겨 놓아야 한다. 아무리 셈을 해도 일 년에 다섯 석은 필요했다.

올해도 의창에서 내 주는 싼 빚은 그림의 떡이고 비싸기만 한 사찰 빚을 얻어야 한다. 불어날 빚을 생각하니 아버지는 벌써부터 한숨이 나왔다.

아버지는 숯을 만드는 가마터로 향했다. 답답한 마음을 열로 다스리려는 심산이었다. 가마터에는 화이와 병진아재가 나란히 나무밑동에 앉아 있었다.

병진아재는 아버지를 보자마자 벌떡 일어서더니 빚 받으러 온 작자마냥 떠들어 댔다.

"망이 망소이가 이끄는 산행병마사*가 드디어 왔답디다."

소문으로만 듣던 산행병마사가 드디어 마을 현까지 들어온 모양이었다. 세월이 수상하여 향, 소, 부곡** 사람들이 무슨 군대를 만들었다고 한다. 소문은 사람들 입에서 입으로 바람보다 먼저 퍼졌다.

아버지는 병진아재의 말에는 대꾸도 없이 숯가마를 바라보다 병진아재가 앉았던 나무밑동에 털썩 주저앉았다. 세금을 내고 나니 기운이 다 빠져 버린 게다.

"바람을 잘 막아라!"

아버지가 옆에 앉아 있는 화이에게 말했다.

---

*   망이·망소이가 난을 일으킨 후 스스로 일컫던 벼슬.
**   신라 시대 이후 조선 초기에 이르기까지 전국 각지에 존재했던 특수 행정구역으로 주로 수공업 생산을 담당했다.

화이는 좀 전의 화가 다 가라앉진 않았지만 일은 일이었다. 화이는 벌떡 일어서 잘 반죽해 놓은 황토로 가마 입구를 더 촘촘하게 발라 마무리를 했다. 바람이 드나드는 숨구멍이 막히지 않도록 조심하는 것도 잊지 않았다. 아버지 말대로 바람을 잘 막아야 좋은 숯이 나오기 때문이다.

언제부턴가 아버지는 바람 막는 일을 화이에게 떠밀었다. 숯을 만들 때 가장 중요한 일이라 여간해서는 남에게 맡기는 법이 없던 터라 화이는 내심 기분이 좋았다. 화이는 태어날 때부터 불과 함께 자랐다. 계집 이름에 어울리지 않는 불 화(火) 자를 넣은 것도 우연은 아니었을 것이다.

상수리나무든 떡갈나무든 아버지가 해 온 참나무로 가마를 채우고 나면 불과 함께 열흘을 난다. 화이는 가마에서 뿜어져 나오는 열기와 냄새가 마치 열흘의 설렘처럼 느껴졌다. 기다림으로 얻어 내는 것이 숯만이 아니라는 걸 화이는 불을 보며 배운 셈이다. 숯이 만들어져야 공물도 내고 부족한 곡식도 얻을 터였다.

"산행병마사가 공주에서 사람을 더 모아서 서북쪽으로 향한 답니다. 성님, 우리도 움직여야지 않겠습니까?"

병진아재가 답답했는지 아버지 옆에 쪼그리고 앉았다.

가마는 이제 막 붙은 불로 조금씩 열을 내고 있었다.

"일없다. 섣불리 움직이다가 그 화를 어찌 면하려고?"

"왕경*에 가면 높은 누각 아래 금붙이로 담장을 둘렀답디다. 청자로 만든 의자에 정원수마저 비단으로 감싸고 금분으로 그린 그림을 본답니다. 우리가 내는 세금으로 날로 살찌우는 게 왕경 놈들입니다. 대식국** 비단을 구경이라도 해 보셨소? 개나 소처럼 언제까지 살려고 그러오?"

"다 풍문일 뿐이다."

"풍문이 사실보다 덜하답니다. 성님이 숯가마만 들여다보고 있는 사이 세상이 들썩이고 있소. 향과 부곡, 소마다 사람들이 움직이고 있다고요."

"전쟁이라도 벌일 셈이야?"

아버지가 버럭 소리를 질렀다.

"해야 한다면 마다할 이유가 없지 않습니까?"

"전쟁을 하면 그 대가를 누가 치러야 하는데? 가마고 사람이고 다 다친단 말일세."

"대가요? 성님이 지키고 싶은 게 뭡니까? 이 가마입니까, 아니면 아이들이 살아갈 세상입니까?"

병진아재가 해진 소맷부리로 이마의 땀을 닦아 냈다. 정월 댓바람도 뜨거운 숯가마 앞에서 살바람이 되었다.

---

*　개경.
**　송나라.

화이는 병진아재와 아버지 사이에서 고개를 들 수 없었다. 어른들의 말싸움 사이에 어떻게 행동해야 할지 난감했기 때문이다. 속으로 화이는 쌍둥이 언니인 덕이라면 이럴 때 병진아재와 아버지 사이를 오가며 중재를 했을지도 모른다고 생각했다.

화이는 슬그머니 가마터를 벗어났다. 덕이가 오려면 반나절은 더 기다려야 한다. 유성현에 있는 장에 간 덕이는 공물을 내고 남은 아껴 두었던 숯을 팔러 갔다. 어찌된 일인지 부쩍 숯을 찾는 이가 늘었다. 돈을 얹어 비싼 값을 불러도 없어서 못 파는 게 숯이라고 했다. 귀 밝은 덕이가 잽싸게 숯을 챙긴 것도 이 때문이었다.

화이는 멀거니 떨어져 나란히 앉아 있는 아버지와 병진아재의 뒷모습을 보았다. 다른 듯하지만 병진아재와 아버지는 비슷한 몸집으로 한 배에서 나온 형제 같았다.

다음 날 덕이는 무명주머니에서 무엇인가를 꺼내 들었다. 놋쇠로 만든 동곳이었다. 장에서 긴히 사올 게 있다는 게 바로 이거였다.

"아버지 동곳이 부러졌더라고."

상투를 틀 때 쓰는 동곳*이 부러져 휘어진 막대기로 머리를

---

* 상투를 튼 뒤에 그것이 다시 풀어지지 않도록 꽂는 물건.

고정하고 다니는 아버지를 덕이는 기억하고 있었다. 화이는 어머니가 안 계셔도 덕이가 있어 다행이라고 생각했다.

"부러진 거 나도 봤어."

화이가 동곳을 집어 요리조리 살폈다.

"숯이 잘 팔리는 이유를 알았어. 부러진 동곳 때문에 대장간에 들렀거든."

"이유가 뭔데?"

"산행병마사에게 줄 무기 때문에 숯이 많이 필요하대. 대장간마다 일감이 많았어. 공이 오라비도 무진장 바쁘더라."

병진아재의 하나밖에 없는 아들인 공이 오라비는 숯쟁이가 싫어 마을에 있는 대장간에서 일을 하고 있었다.

"오라비는 그 일이 할 만한가 보네?"

"쇠를 만지고 싶다는데 병진아재도 어쩔 수 없지 뭐. 불이 쇠를 만든다는 걸 모르는 거야."

덕이가 미간을 좁히며 말했다. 무엇인가 마음에 들지 않을 때마다 짓는 표정이었다.

"그러잖아도 어제 병진아재가 왔었어. 아버지에게 산행병마사 이야기를 했어. 아버지는 겁쟁이야."

화이가 목소리를 낮추며 말했다.

"쉬운 일은 아니잖아. 마을에서도 의견이 나뉘었어. 망이 망소이 무리를 반란군이라고 하는 이들도 있다고. 산행병마사라

부른다고 그들이 정식 병사가 되는 건 아니잖아."

"그걸 누가 정해 주는데? 정해 준 대로 산다면 우리는 평생 이 꼴로 살아야 한다고."

"철없는 소리 말어. 나라님이 정해 준 걸 우리가 무슨 힘으로 바꾸겠다는 거야? 산행병마사가 되었다고 개나 소나 뭐라도 된 양 떠들어 대고 있잖아. 그러다 지금 가진 것도 내줘야 할 판이 된다고."

"우리가 가지고 있는 게 뭔데? 잡척*이라고 놀림당하는 걸 견디어 내는 거? 우리한테 남은 건 부끄러움뿐이라고. 참고 견디는 게 아니라 무서워서 참을 수밖에 없는 부끄러움!"

화이 눈에 가득한 분노를 덕이는 느낄 수 있었다. 그 분노가 화가 되어 화이를 덮칠까 봐 덕이는 두려웠다. 제발이지 이 광풍이 얼른 지나가 주길 덕이는 속으로 간절히 바랐다.

단단히 화가 난 화이는 덕이에게 동곳을 내주고는 뒤돌아섰다. 화이는 아무리 생각해도 덕이를 이해할 수 없었다. 아무리 신중한 성격이라고 해도 산행병마사 이야기만 나오면 덕이는 싫은 소리가 앞섰다. 행여라도 병진아재의 꾐에 아버지가 산행병마사가 될지도 모른다고 생각하는 걸까. 하늘이 무너져도 그런 일은 벌어지지 않을 것이다. 어제 있었던 일이 아니더라도

* 향, 소, 부곡에 사는 사람들을 일컬음.

아버지는 태생이 싸움을 싫어하는 이다. 좋은 게 좋은 거라고 여기며 살아온 사내가 아니던가. 그래서 늘 손해 보는 것은 아버지였다. 화이는 그런 아버지가 못마땅했다.

사람들은 소리 소문 없이 산행병마사가 되었다. 백정(농부)도, 노비도, 숯쟁이도, 대장장이도 산행병마사가 되길 원했다. 이곳은 사내든 늙은이든 신분과 나이에 경계를 두지 않았다. 그래서 의심하는 자들도 있었다. 제대로 된 군사일 리가 없다고 생각한 것이다. 차별과 의심은 사람들 사이를 오랫동안 오갔다. 무인들의 세상은 그 차별과 의심을 더 단단하게 만들었다. 산행병마사는 무력한 시대를 살아온 이들이 만든 군대였다. 별 볼일 없을 거라고 생각한 산행병마사는 그 미력한 힘으로 공주를 정복했다.

그러자 왕경에서 삼천 대군이 내려온다는 소식이 전해져 왔다. 대장군 정황재가 이끄는 진압군은 황색기를 세우고 단단한 갑주를 입고 튼튼한 말을 탄 채 남하하고 있었다.

유성현 장에는 이미 많은 사람들이 모여 있었다. 진압군 소식에 가만히 집에 있을 수는 없을 터였다. 그중에는 화이와 덕이도 서 있었다. 화이는 기어코 장에 나왔고 덕이는 그런 화이가 걱정이 되어 따라 나왔다.

시장에 세운 단상에는 여러 명의 건장한 사내들이 서 있었다.

그중 몇몇은 낡은 갑옷 차림에 그보다 더 낡은 투구를 쓰고 있었다. 단상에 서 있는 사내 중 덩치가 제일 크고 구레나룻이 덥수룩한 이가 양날을 세운 도끼를 들고 있었다.

"진압군이 마을을 지날 때마다 곡식을 빼앗고 아녀자들을 희롱하고 있소. 마을의 관리가 은병을 바치며 달랬지만 소용없었다오."

"이런 죽일 놈들!"

여기저기서 원성이 자자했다.

"지척까지 왔다는데 짐이라도 싸서 도망가야 하지 않을까요?"

"우리가 무슨 죄를 지었다고 도망갑니까?"

"맞소! 나는 차라리 산행병마사가 되겠소."

그러자 군중 무리에서 누군가 소리쳤다.

"나도 넣어 주시오!"

"나도 함께하겠소!"

그러자 덕이 옆에 서 있던 화이도 손을 번쩍 들었다.

"저도……."

덕이가 화들짝 놀라며 화이의 입을 틀어막았다.

"왜 이러는 거야!"

화이가 눈을 홉뜨고는 덕이를 째려봤다.

"미쳤어? 산행병마사도 군대라는데, 무슨 짓이야?"

"계집이라 산행병마사가 될 수 없다고 누가 그래? 누구든 들어갈 수 있다고 했어. 나는 반드시 산행병마사가 될 거라고."

"네가 거기서 뭘 할 수 있는데? 사내들처럼 전장에라도 나가겠다는 거야?"

"차별을 깨부술 수만 있다면 뭐든지 할 수 있어. 이대로 사는 건 너무 억울하단 말이야!"

화이는 덕이가 자신을 빤히 보고 있다는 걸 알았지만 눈길을 피했다. 더는 덕이와 말싸움을 하고 싶지 않았다. 번번이 말싸움 끝에 오는 건, 서로가 서로를 원망하는 말뿐이었다. 화이가 싸우고 싶은 상대는 정작 따로 있는데 말이다.

그때 덩치 옆에서 말없이 서 있던 사내가 입을 열었다. 낮지만 울림통이 큰 목소리였다. 순간 시끌벅적대던 군중들이 조용했다. 사내의 낮은 목소리는 많은 군중들을 제압하고 남음이 있었다.

"자, 자, 진정들 하십시오. 이건 전쟁놀이가 아닙니다. 목숨을 담보로 한 전투입니다. 당신들은 무엇을 위해 싸우고 싶소? 무얼 지키고 싶소?"

"저는 이제 노비가 되었습니다. 더는 빚을 감당할 수가 없어요. 평생 남의 일만 하며 살았는데 쌓이는 건 빚뿐이오. 노비가 되었으니 대대손손 그 굴레를 지고 살아야 합니다."

얼굴 가득 검은 숯덩이로 그을린 사내가 울먹이며 말했다. 사내의 메마른 뺨 위로 검은 눈물이 흐르고 있었다.

"무신들의 광기와 횡포를 더는 참을 수 없소. 그들은 한 푼의 자비도 없단 말이오."

모여 있는 사람들의 사연은 고만고만했다. 모두가 알고 있고 겪고 있고 겪을 일이었다. 그렇기에 누구 하나 아니라고 말하는 이가 없었다.

그러자 낮은 목소리의 사내가 다시 입을 열었다.

"우리는 한 번도 우리 자신으로 살아 본 적이 없소. 누군가는 우릴 오합지졸이라고 하오. 누군가는 반란군이라고 하고 누군가는 도적 떼라고 합디다. 우리는 그 무엇도 아니오. 우리는 우리 자신일 뿐이오. 우리 자신을 위해 우리 것을 찾겠다는데 뭣이 중하겠소. 더는 내 것을 빼앗기지 맙시다. 길이 없다고 가지 말아야 하는 것은 아니오. 길은 우리가 만들면 됩니다. 나는 그걸 보았소. 희망을 보았단 말이오!"

화이는 한 발짝이라도 가까이 다가가 그들의 얼굴을 보고 싶었다. 자신도 모르게 군중을 헤치고 앞으로 나아갔다. 덕이는 사람들 속에서도 화이의 머리꼭지를 놓치지 않으려 안간힘을 쓰며 뒤따라갔다. 화이는 단상 앞까지 다가가 그들을 올려다봤다. 화이는 사내들의 눈빛이 벌겋게 이글대는 숯덩이들 같아 소름이 돋았다.

"하지만 삼천 대군을 어찌 막는단 말이오. 우리는 훈련 한번 받아 보지 못한 민초들뿐이라오."

멀찍이서 누군가 걱정이 가득한 목소리로 말했다.

"걱정들 붙들어 매시오. 힘으로는 둘째가라면 서러운 내가 여기에서 배운 게 있소. 전쟁은 힘으로만 하는 게 아니라는 것이오. 모두 함께한다면 뭣이 무섭겠소!"

덩치가 큰 사내가 자신의 가슴팍을 두드렸다.

저들이 우리와 같은 소 출신이라니 자리가 사람을 만드는 게 아니라 사람이 자리를 만드는 게 분명했다. 처음으로 화이는 자신도 무엇이 될 수 있다는 생각이 들었다. 숯쟁이의 딸이 아닌 아버지의 딸이 아닌 계집이 아닌 바로 화이 자신 말이다.

집으로 돌아오는 화이의 가슴이 단단하게 타올랐다.

그날 밤 화이는 밤새 뒤척이는 아버지의 기척에 잠을 잘 수 없었다. 장에서 벌어진 일에 대해서는 덕이의 입단속 때문에 한마디도 하지 않았다. 그럼에도 세상 돌아가는 일인지라 바람결에서라도 듣고 있는 게 분명했다. 급기야 아버지가 곰방대를 물고 밖으로 나갔다.

밖은 꽉 찬 보름 달빛이라 밝을 터였다.

유등천이 흐르는 남선봉은 험한 산은 아니었다. 사방이 탁트인 전경 때문에 사람들은 이 산을 사랑했다. 산신이나 성황당을 모시는 사당을 둔 것도 그 때문이었다. 커다란 물줄기를 마주한 산이니 기도발 또한 신통하다고 믿었다. 하지만 구릉진 기슭이라고 만만히 올랐다가는 낭패를 보기 십상인 산이 남선봉이었다. 골골마다 유등천으로 흐르는 크고 작은 계곡이 있고 행여나 비가 많이 온 날에는 갑자기 불어난 개울물에 고립되기 일쑤였다.

산행병마사는 남선봉 기슭에 진을 치고 진압군을 기다렸다. 물이 많고 계곡을 잘 아니 함정을 파고 기다리기에 더할 나위 없이 좋았다. 하지만 진압군은 그리 만만한 상대가 아니었다. 지리를 잘 모르는 약점을 익히 알고 있기에 섣불리 적지로 향하진 않았다. 진압군은 유등천 너머 진지를 치고 산행병마사가 투항하기를 기다렸다. 유등천을 가운데 두고 산행병마사와 진압군이 대치했다. 숯을 기다리듯 산행병마사도 진압군도 기다림으로 그 수를 세고 있었다. 진압군은 유등천 너머 들판에 까마귀 떼처럼 많은 움막을 세웠다. 수십 개의 움막과 황색 깃발이 한겨울 강바람에 펄럭거렸다.

화이는 공이 오라비의 부탁으로 숯을 들고 진지로 향했다. 덕이에게는 이웃한 친구 집에 간다고 거짓말을 했다.

진지로 들어서자 생각보다 많은 사람들이 모여 있어 화이는 놀랐다. 자신도 아버지와 덕이만 아니라면 이곳에 있고 싶었다.

진지 한편에서는 사람들이 낫과 괭이를 갈고 있었고 마른 죽창을 들고 훈련하는 이들도 있었다. 해가 잘 드는 곳에는 그들에게 먹일 묵은 감자나 고구마를 찌는 커다란 무쇠솥도 있었다. 그 앞에는 코흘리개 어린아이들과 아낙들이 분주하게 움직이고 있었다. 한 사람도 놀고 있는 이들은 없었다.

"다들 바빠 보이네."

화이가 부지런히 고개를 돌리며 말했다.

"그래 보이지? 사실은 바쁜 게 아니야."

"바쁜 게 아니라고?"

"두려워서야."

공이 말에 화이가 공이를 올려다봤다. 한 살 차이지만 공이가 머리 하나는 더 컸다.

"무슨 소리야?"

"두렵다는 걸 들키지 않으려고 무엇이라도 하는 척하는 거라고."

"무서워하는 거라고?"

"응. 저 벼랑 보이지? 저곳에 서서 보면 강 건너 진압군을 한눈에 볼 수 있어. 일부러 우리가 잘 볼 수 있도록 그곳에다 진을 친 거지. 울긋불긋한 깃발에 높은 솟대에 어마어마한 사람 숫자로 우리 기를 죽이려는 속셈이야."

공이가 산 둔덕을 가리켰다.

"그렇게나 많아?"

"저렇게 많은 사람은 처음 봐. 너무 많으니까 저게 다 사람인지 의심이 들 정도야."

"그래서 사람들이 무서워한다고?"

"매일 아침 해가 뜰 때면 저들이 제일 먼저 하는 게 뭔지 알아?"

"뭔데?"

"이곳을 향해 함성을 질러."

"함성? 뭐라고?"

"삼천 명이 한 소리로 '와' 하고 소리를 지르면 온 천지가 흔들려. 남선봉 호랑이들도 그 소리에 다 도망갔을 거라고."

"아…… 전투라고 해서 나는 매일같이 칼로 부수고 창으로 쑤실 줄 알았는데 그게 아니구나."

"그것도 하겠지."

"그런데 안 싸우고 왜 이러고 있는 거야?"

"틈을 보는 거야."

"틈이라고?"

"그렇지. 때라고 할 수도 있지."

"무섭겠다……."

"무서워서 슬슬 도망가는 사람도 있어. 결국 그게 저들이 바라는 것이고."

"오라비도 무서워?"

화이가 다시 한번 공이를 올려다봤다.

"쳇! 뭐가 무서워. 우리 아버지도 있는데."

공이가 고개를 외로 돌려 버렸다. 공이는 자신의 두려움을 화이에게 들키고 싶지 않았다. 그런 줄도 모르고 화이는 든든한 아버지를 둔 공이 오라비가 부러웠다. 겁쟁이처럼 숯가마만 지키고 있는 아버지를 생각하면 가슴이 답답했다.

"근데 숯은 왜 이렇게 많이 필요한 거야?"

"겨울밤은 길잖아. 올겨울은 유난히 춥고. 화로라도 있어야 이 혹독한 겨울밤을 나지."

"아, 그렇지. 내가 어떻게든 숯을 가져올게. 아버지만 아니라면 더 많은 숯을 가져올 수 있는데……."

"우리 아버지도 열심히 만들고는 있는데 턱없이 부족해."

"알아……."

화이가 한숨을 길게 내쉬었다.

그날 밤 화이는 잠을 자다가 눈을 떴다. 아랫목 아버지 자리가 휑했다. 곰방대를 들고 나갔을 거라고 짐작한 화이는 다시 잠을 청했다. 하지만 아무리 기다려도 아버지가 들어오지 않았다. 불안한 마음에 화이는 덕이가 깨지 않도록 조심히 몸을 움직여 밖으로 나왔다. 처마 밑 댓돌에는 화이와 덕이의 신발이 나란히 놓여 있었다. 아버지가 나가며 신발을 모아 놓은 것이

틀림없었다. 화이는 서둘러 신발을 꿰어 신고 가마터로 향했다. 야심한 밤에 갈 곳이라고는 그곳밖에 없다고 생각했다.

여드레째 타고 있는 숯가마 앞에 아버지가 있었다. 우두커니 가마를 지켜보던 아버지가 무슨 결심이 섰는지 바람을 막아 주는 황토벽을 허물기 시작했다. 화이는 깜짝 놀랐지만 감히 아버지 곁으로 다가서지 못했다. 아버지의 몸짓이 성난 사람처럼 격렬했기 때문이었다. 숯이 완성되려면 이틀은 더 기다려야 하는데 조금도 주저함이 없었다. 아버지는 벽을 허물자마자 긴 곡괭이로 가마 안의 영글지 않은 숯을 꺼냈다. 그러고는 숯에 재와 흙을 들이부었다. 이틀을 채웠다면 질 좋은 백탄이 되었을 것이다. 재와 흙으로 급격하게 식은 숯을 아버지는 그러모았다. 그러고는 놋그릇에 숯을 담아내더니 그대로 털썩 주저앉았다. 채 타지 않은 숯을 꺼낸다는 건 숯쟁이에게 있을 수 없는 일이었다. 영글지 않은 숯은 독과 같아 잘못 쓰면 사람을 죽일 수도 있었다.

잠시 후 아버지는 망태기 안에 숯을 담고는 그대로 어깨에 둘러멨다. 한쪽 어깨가 망태기의 무게로 크게 기울었다. 몹시도 서두르고 있는 아버지 모습을 화이는 숨을 죽이고 지켜봤다.

한 번도 본 적 없는 예사롭지 않은 상황에 화이는 가슴이 두근거렸다. 아버지는 급한 걸음으로 가마터를 나갔다. 화이는 조심조심 아버지 뒤를 밟기 시작했다.

예로부터 숯이 사악한 기운을 쫓아낸다고 아버지는 늘 말했다. 아이가 태어나면 왼새끼*에 숯을 매달아 액운을 막고 장이나 음식에도 부정타지 말라고 숯을 넣는다면서 아버지는 산신을 믿듯 숯을 믿었다. 쌍둥이를 낳느라 아내를 잃었지만 그나마 화이와 덕이가 이만큼 자란 것도 다 숯 덕분이라고 철석같이 믿고 있었다.

아버지에게는 살아가는 데에 가장 중한 것 중의 하나가 숯이었다. 평생 숯가마를 떠나 본 적도 없을뿐더러 오롯이 숯가마 안에 그의 인생이 있다고 믿는 사내였다.

그런 사내가 채 영글지도 않은 숯을 꺼냈을 때에는 그럴 만한 이유가 있을 터였다. 화이는 그 이유가 너무도 궁금했다.

아버지가 향한 곳은 유등천 건너 정황재가 이끄는 진압군 진지의 뒤쪽이었다. 뒤쪽 진영이라 그런지 보초가 그리 단단하지는 않았다. 사람들이 잘 드나들지 않는 진입로인 게 틀림없었다. 서 있는 병사가 익히 아버지를 알고 있는지 얼굴만 확인하고는 안으로 들였다. 화이는 멀찍이서 몸을 숨기고 아버지를 기다렸다.

그사이 진지에서는 음악과 웃음소리가 막사 밖까지 흘러나왔다. 소리만이 아니었다. 고기 굽는 냄새와 기름 냄새가 소리와

---

* 왼쪽으로 꼰 새끼줄.

함께 퍼지고 있었다. 화이는 바짝 긴장한 상태인데도 냄새 때문인지 침을 삼켰다.

한식경이 지나도 아버지는 나오지 않았다. 화이는 오랫동안 웅크리고 있어서 온 삭신이 쑤셔 왔다.

마침내 동이 트기 전 아버지가 진지에서 나왔다. 어깨에 둘러멘 망태기도 헐렁해 보였고 아버지의 걸음도 한결 가벼웠다. 숯을 그들에게 전한 것이다.

화이는 집에 와서도 쉬이 잠을 잘 수 없었다. 한참을 뒤척이다 보니 날이 밝았다.

화이는 아버지에 대한 배신감으로 속이 타들어 갔다. 질 좋은 숯을 만들기로 소문난 아버지가 영글지 않은 숯을 줄 만큼 그들은 숯이 급했던 모양이었다.

생각해 보니 올겨울 추위는 근래 보기 드물게 매서웠다. 강바람을 마주한 곳이니 더할 터였다. 아무리 그렇다 해도 적에게 숯을 내준 아버지가 화이는 원망스러웠다. 산행병마사가 아버지와 뜻이 다르다고 하더라도 이건 배신이었다. 공이 오라비와 병진아재, 아버지의 오랜 이웃에 대한 배신이라는 생각에 몸을 떨었다.

"아까부터 무슨 생각을 그렇게 하는 거야? 밥도 먹는 둥 마는 둥이고?"

덕이가 걱정스러운 눈빛으로 물었다.

"아니야, 아무것도."

화이는 그대로 아랫목에 누워 흙벽을 바라봤다.

"설마 아버지한테 들킨 건 아니지?"

덕이의 물음에 화이가 벌떡 일어나 앉았다.

"뭘 들켜?"

"산행병마사에게 숯을 갔다 줬잖아."

"아, 알고 있었어?"

화이가 깜짝 놀라며 물었다.

"알고 있었지. 아버지도 눈치챘을지 몰라. 먹을 거라면 모를까 숯을 갔다 줬잖아. 그걸 모르겠어?"

"아셨다면 난리가 났을 거야. 아마도 날 내쫓았을걸? 성은 아버지를 잘 몰라. 아버지가 어떤 사람인지."

덕이는 화이가 속상한 일이 있는 거라고 확신했다. 자신을 '성'이라고 부를 때는 속이 상하거나 몸이 안 좋을 때다.

"모르긴 뭘 몰라. 아버지는 그냥 아버지야. 네가 남선봉에만 가지 않으면 경 칠 일이 뭐 있겠어?"

"성은 산행병마사가 무슨 일을 하는지 모르겠어? 우리를 위해서 싸우는 거라고."

"그들이 우리를 위해서 싸우는 거라고? 철없는 소리 좀 그만해. 자기들을 위해서 싸우는 거지 그게 어찌 우리를 위해서야?"

"성은 잡척 출신이라고 놀리는 게 서럽지도 않어? 지나가던 개도 이 마을에서는 빌어먹을 게 없어서 안 온대잖아. 마음대로 여길 벗어날 수도 없어. 평생 아버지처럼 살아야 한다고."

"배는 고프지만 먹고는 살잖아. 남들이 손가락질한다고 도적 떼가 되겠다는 게야?"

"성도 아버지랑 다를 게 없어. 우리는 도둑질을 하는 게 아니야. 원래 우리 것을 찾아오겠다는 거지."

화이가 더는 말하고 싶지 않아 모로 누워 버렸다. 덕이는 그런 화이 곁을 쉬이 떠나지 못했다.

화이는 그날 이후 아버지를 마주 보기가 힘이 들었다. 아버지 얼굴만 보면 그날 밤의 일이 떠올랐다. 그러다 보니 남선봉으로 가는 발길이 잦아졌다. 급기야 덕이가 걱정하던 일이 벌어졌다.

그날도 화이는 남선봉에 갔다가 저녁때를 놓치고 말았다. 아버지는 화이를 보자마자 기다렸다는 듯이 물었다.

"도대체 어디를 갔다 오는 게야?"

여간해서는 큰소리를 내지 않는 아버지의 목소리가 노기로 가득했다.

"공이 오라비에게 다녀왔어요."

화이는 그러거나 말거나 꼿꼿이 고개를 들고 대꾸했다.

"아, 아버지, 제가 화이에게 심부름을 시켰어요."

"넌 나서지 말거라. 그리 덮는다고 될 일이 아니야."

덕이가 서둘러 나섰지만 아버지의 노기는 쉽게 가라앉지 않았다.

"그곳은 누구나 갈 수 있는 곳이에요. 아버지가 왜 그곳에 가지 말라고 하는지 모르겠어요. 남선봉에 가면 왜 안 되는지 이유를 알려 주세요."

"이유 따윈 필요 없다 무조건 가지 말거라!"

"아니요! 전 갈 거예요. 아버지는 아버지가 주고 싶은 사람에게 숯을 주세요. 저는 산행병마사에게 숯을 줄 겁니다."

급기야 화이는 뱉지 말아야 할 말을 하고 말았다.

아버지와 화이는 서로를 뚫어질 듯이 마주 보았다. 한 치의 양보도 없는 눈빛이었다. 둘은 미동도 하지 않고 서로를 쳐다보기만 했다. 그 가운데 서 있는 덕이만이 숨이 턱턱 막혀 왔다.

"좋다! 네가 그렇게 고집을 피운다면 앞으로 내 숯에는 절대로 손대지 말거라. 네가 만든 숯이니 내 것이다. 알겠느냐?"

화이는 어이가 없었다. 아버지는 적에게 줄지언정 산행병마사에게 숯을 주고 싶지 않은 모양이었다. 화이는 자기의 가마가 없다는 게 이렇게 분한 일인지 절절히 온몸으로 느낄 수밖에 없었다. 화이는 언젠가는 자기의 가마를 꼭 가지겠노라고 결심했다.

아버지의 엄포가 있었기에 화이는 공이 오라비의 부탁에도 숯을 마음대로 가져가질 못했다. 그래서 애가 타는 건 어쩔 수 없었지만 아버지의 숯을 내간다는 건 아버지에게 지는 것이라고 생각했다. 화이는 숯을 가져갈 순 없었지만 산행병마사를 위해서 할 수 있는 일을 하기로 했다. 집과 남선봉을 오가며 온갖 허드렛일을 맡아서 했다. 어느덧 또래 여자아이들이 화이를 중심으로 모여들었다.

그러던 어느 날 공이 오라비에게 전갈이 왔다. 오늘 밤 거사가 벌어진다고 했다.

기다리고 기다리던 그날이었다.

화이는 아버지가 잠시 집을 비운 사이에 집을 빠져나왔다.

진압군의 진지에 친 움막과는 다르게 산행병마사의 움막은 허술하기 짝이 없었다. 늦겨울 추위는 기세가 등등했고 사람들은 숯을 넣은 화로와 서로의 체온으로 견디고 있었다. 당연히 식량도 바닥을 보일 터였다. 없는 살림에 십시일반 나눈 음식들로 산행병마사는 근근이 버티고 있었다.

화이와 공이는 조급한 마음이 앞섰다. 시간이 자신들을 기다려 주지 않을 것만 같았다. 그런데 산행병마사가 오늘 밤 드디어 움직인다고 한다.

오늘만큼은 화이도 그들과 함께하고 싶었다. 화이는 누구보다 훌륭한 산행병마사의 일원이 되어 있었다.

진지의 단상 앞에는 귀한 갑주*와 창, 도끼, 곡괭이, 낫같이 무기가 될 만한 것들이 쌓여 있었다. 하지만 사람 수에 비하면 턱없이 부족한 양이었다.

"갑주가 몇 개 없다. 약한 자와 선두에 선 자가 입거라!"

사람들 훈련을 도맡아 해 주던 사내가 외쳤다.

그러자 사람들은 차례대로 갑주와 자신이 주로 들고 훈련했던 무기를 골라잡았다. 누구도 좋은 무기와 갑주를 차지하려고 다투지 않았다. 사람들은 자기 순서를 기다렸다 알맞은 무기를 집어 들었다.

"이 갑주를 입으시오!"

한 늙은 사내가 자신의 아들뻘 되는 젊은 사내에게 갑주를 내밀었다.

"아닙니다. 어르신이 입으십시오."

젊은 사내가 고개를 저었다.

"이보시오, 내가 무기를 한 번 휘두를 때 당신은 서너 번은 더 휘두를 게 아니오. 나보다 기동력이 좋은 당신이 입어야 더 많은 적을 부술 테니 마다하지 마시오."

젊은 사내는 늙은 사내가 묵묵히 입혀 주는 갑주를 마다할 수 없었다. 사내는 자신의 몸을 늙은 사내에게 맡겼다.

"내 평생 이 곡괭이로 땅을 갈았소."

늙은 사내가 자신의 무기인 곡괭이를 더 늙어 버린 손으로 어

---

* 갑옷과 투구를 아울러 이르는 말.

루만졌다. 젊은 사내가 늙은 사내의 곡괭이를 내려다봤다.

"땅을 갈아 생명을 일구던 이것으로 이번에는 사람을 해하려 하오."

늙은이의 넋두리에 젊은 사내는 아무런 말도 할 수 없었다. 늙은 사내의 굽은 손만이 그가 살아온 길이 어떤 것인지 알려 주었다.

젊은 사내는 자신의 창을 바로잡았다.

"우리도 가만히 있을 수는 없어."

그걸 지켜보던 화이가 말했다.

"뭘 할 수 있을까?"

한 여자아이가 물었다.

공이 오라비를 비롯한 사내아이들은 후발 부대로 나갔고 남아 있는 건 여자아이들과 어린 남자아이들뿐이었다. 그간 밥하고 옷을 기우고 물을 길어 나르며 음으로 양으로 돕던 아이들이었다.

"내가 숯이 있는 곳을 알아. 숯탄을 만들어 그들의 진지를 불 태우자."

"그게 가능할까?"

"어머니가 여기에서 꼼짝도 하지 말라고 했는데……."

어린 남자아이의 손을 꽉 잡고 있는 계집아이가 말했다.

"너희들은 여기에 있어. 특히 어린 동생을 돌봐야 하는 아이들은 여기를 지켜 줘. 그것도 필요한 일이야."

화이는 소녀가 무안하지 않도록 말했다. 한편으로는 그 남매가 부럽기도 했다. 아버지와 사이가 나빠지면서 덕이의 잔소리가 심해졌다. 덩달아 덕이에게 말하지 못할 비밀이 많아졌다.

"나도 끼워 줘!"

덕이가 불쑥 나타나자 화이가 적잖이 놀라며 당황했다.

"서엉……."

화이와 덕이는 쌍둥이지만 어릴 때부터 많이 달랐다. 화이가 고분고분한 성격이 아니라서 매사에 자주 부딪쳤지만 대부분 덕이가 이해해 주곤 했다. 덕이는 화이를 잃을까 봐 두려웠다.

"날 빼고 뭔 일을 벌이려고? 그러다 아버지한테 또 경을 치려고 그러지?"

덕이가 놀리며 웃었다.

"그렇지, 성이 있어야 내가 덜 혼나지. 어떻게 알고 왔누?"

덕이와 화이가 마주 보고 웃었다.

그제야 화이도 덕이도 마음이 놓였다. 가장 편하고 가장 의지하고픈 상대는 다른 누구도 아닌 서로였다. 덕이는 화이가 있어서 외롭지 않았다. 화이는 덕이가 있어서 불안하지 않았다. 어미가 없다는 건 세상의 반을 잃은 것과 같았다. 잃어버린 세상의 반쪽을 덕이와 화이는 서로에게서 찾았다. 이제 더는 두려울 게 없었다.

"그래서 어찌 해야 하는데?"

누군가 물었다.

"나를 따라와!"

화이는 덕이와 소녀들을 이끌고 진지에 있는 움막을 하나하나 뒤지기 시작했다.

"불이 잘 붙을 것 같은 마른 헝겊과 나뭇가지를 모아 줘."

"이걸로 진지를 불태울 수 있을까? 어림도 없을 것 같은데……."

"안 해 보고 포기하는 것보다 해 보고 포기하는 게 낫지 않을까?"

화이의 말에 누구도 대꾸할 수 없었다.

소녀들은 못 쓰는 마른 헝겊과 불을 피울 부싯돌을 있는 대로 모아서 보퉁이에 담고는 진지를 빠져나왔다. 화이와 덕이 뒤로 열두어 명의 아이들이 따라왔다. 모두가 화이만 하거나 그보다 어린 소녀들이었다.

화이와 덕이는 소녀들과 함께 아버지의 숯가마로 향했다.

"아버지한테 들키면 다 소용없는데 괜찮을까?"

정작 화이의 걱정은 다른 데 있었다.

"아버지 안 계셔. 그래서 온 거야."

"어딜 가셨어? 해가 진 지 오랜데?"

"요즘은 초저녁 마실이 잦으셔. 어딜 가시는지 저녁도 빨리

드시고 나서더라고."

"난 어디 가는지 알아."

화이 대답에 덕이가 어디냐고 물었지만 화이는 덕이마저 실망시키고 싶지 않아서 대답하지 않았다.

화이가 아버지의 숯가마 앞에 섰다. 막상 왔지만 숯가마를 보자 아버지 생각에 함부로 숯을 꺼낼 수가 없었다. 화이가 잠시 주저하자 덕이가 앞으로 나서며 말했다.

"얼른얼른 챙기자."

"그러다 아버지가 오시면 어쩌려고?"

"내가 알아서 말할게."

어느 때는 덕이가 화이보다 훨씬 용감하고 대범했다.

덕이가 앞서 숯을 챙기기 시작하자 소녀들도 허겁지겁 숯을 챙겼다. 아버지가 오기 전에 더 많은 숯을 챙겨야 한다는 생각에 화이도 서둘렀다.

소녀들은 각자의 망태기에 숯을 담고는 산을 내려가기 시작했다.

숯을 챙긴 소녀들이 남선봉 하단에 도착하자 꽁꽁 얼은 유등천을 건너는 산행병마사가 보였다. 그들은 얼음 바닥에 온몸을 붙이고 기어서 진압군의 기지로 향하고 있었다. 산행병마사의 앞섶에는 아낙들이 기워 만든 도톰한 천들이 덧대어져 있었다. 얼음 바닥을 잘 기어갈 수 있도록 미리 준비해 준 옷이었다.

차갑게 언 강을 기어가는 산행병마사의 움직임은 담을 건너는 구렁이처럼 은밀했고 먹이를 앞둔 가야산 호랑이처럼 신중했다.

화이와 소녀들은 자기들의 숨소리에 밤이 놀랄까 봐 잔뜩 몸을 낮췄다. 강바람도 숨을 죽이고 있는 밤이었다.

드디어 바람이 일었다. 황색 깃발의 날개가 바람에 일렁거렸다. 화이는 바람이 남선봉 자락으로 불기 시작하자 묘한 수가 생각이 났다.

"다들 나를 따라와."

"어디 가려고? 여기서 기다리다 선발대가 기지를 습격하면 그때 움직이자."

화이 말에 덕이가 낮은 목소리로 대꾸했다.

"나한테 좋은 생각이 있어."

소녀들은 서로를 마주 보더니 고개를 끄덕이고는 화이를 따라 움직이기 시작했다. 그간 화이가 보여 준 모습에 대한 믿음이었다.

화이는 숯을 들고 있는 소녀들을 데리고 아버지가 드나들던 진지의 뒤쪽으로 향했다. 바람이 남선봉 자락으로 부니 이곳에서는 바람이 진지 쪽으로 부는 격이었다.

화이는 바람을 잘 알고 있었다. 숯가마 앞에서 수없이 바람의 세기와 방향을 익혔던 터였다.

과연 진압군의 기지는 그날도 음악과 기름진 냄새로 시끌벅적했다. 매일 밤마다 술판이 벌어진다는 소문이 헛소문은 아니었다.

소녀들이 자리를 막 잡을 때쯤이었다. 갑자기 진지 후문에서 사내 두 명이 튀어나왔다. 사내들은 곧장 죽을힘을 다해 뛰기 시작했다. 바로 아버지와 병진아재였다. 진지에서 피운 횃불에 아버지와 병진아재의 모습이 스쳐 지나갔다. 아버지와 병진아재는 소녀들이 숨어 있는 숲속으로 뛰어들어 와 몸을 바짝 웅크렸다. 잠시 그러고 있던 사이에 아버지와 병진아재는 소녀들의 움직임을 알아채고는 두리번거리기 시작했다. 어둠 속에서 서로를 뚫어져라 쳐다보고 있었다. 적인지 아군인지 알아야만 했다.

덕이가 아버지와 병진아재 쪽으로 신호를 보냈다.

"아버지……."

낮은 목소리였지만 아버지는 귀신처럼 덕이의 목소리를 알아챘다. 아버지와 병진아재가 조심스럽게 소녀들 곁으로 다가왔다.

"도대체 여기에서 뭣들 하는 게야?"

아버지가 목소리를 꾹꾹 눌러 가며 물었다.

"저희들도 싸우려고 왔어요."

"뭐라고? 너희들이 뭘 가지고 싸운단 말이냐?"

병진아재가 목소리를 높이려다 아버지가 말리자 목소리를 바로 낮췄다.

"숯탄으로 저들의 기지를 싹 다 불태울 겁니다."

화이가 대단한 각오처럼 대답했다.

"그게 말이 되더냐? 계집아이들이 겁도 없이⋯⋯."

병진아재가 어이없다는 듯이 말했지만 이내 아버지가 그 말을 잘라 냈다.

"⋯⋯아니네. 계집아이들 말이라고 말이 안 되는 것은 아니지. 나쁜 생각은 아닌 것 같으이."

"성님, 한낱 애들 말을 들을 거요?"

"우리가 바라던 바가 아니더냐? 계집아이라고 네가 무시한다면 향, 소, 부곡 출신이라고 차별하던 그들과 뭐이 다르더냐?"

아버지 말에 병진아재가 더는 대꾸하지 못했다.

"저희도 할 수 있어요. 던지기라면 누구보다 잘할 자신이 있다고요."

"저도요!"

"저도 제 오라비보다 더 잘 던져요."

소녀들이 앞다퉈 말했다.

"목숨을 잃지 않는 전쟁은 없다. 하지만 너희들의 목숨은 그

어떤 것보다 소중하다. 그것만 명심하거라."

소녀들이 고개를 끄덕였다.

어린 소녀들은 더는 어린아이가 아니었다. 어느덧 훌쩍 커 버린 여장부가 되어 있었다. 아버지와 병진아재는 그런 소녀들을 지그시 바라보았다.

그사이 진지 앞쪽에서 우렁찬 함성 소리가 들려왔다. 산행병마사의 군대가 진지를 습격했다는 신호였다. 술과 잠에 빠진 정부군은 우왕좌왕하며 진지 안에서 길을 잃을 것이다.

"지금이다. 너희들이 준비한 불을 던져라!"

아버지가 외쳤다.

화이와 덕이가 부싯돌을 켜서 숯을 지폈다. 달도 뜨지 않은 깜깜한 밤에 숯이 붉게 타올랐다. 소녀들은 가지고 온 헝겊에 마른 가지와 나뭇잎을 버무려 숯과 함께 쌌다. 숯은 금세 헝겊 안에서 불이 되었다. 소녀들은 최대한 진지 가까이 가서 숯탄이 들어 있는 헝겊 주머니의 끈을 뱅뱅 돌리다 진지 안으로 던졌다. 마치 대보름 쥐불을 돌리듯 가벼이 던졌다.

한 개.

두 개.

세 개.

열 서너 개의 숯탄이 포물선을 그리며 진지 안으로 날기 시작했다. 신호처럼 곧이어 더 많은 숯탄이 계속 날아갔다. 별똥별이 떨어지듯 붉은 불이 정부군의 진지 안으로 쏟아졌다.

"안으로 들어가세! 아이들도 싸우는데 우리가 할 일이 더 있지 않겠나?"

아버지가 병진아재를 향해 말했다.

"안 돼요, 아버지! 지금 저기에 가면 죽을지도 몰라요."

깜짝 놀란 덕이가 외쳤다.

"다 수를 세워 놓았다. 걱정 말거라."

병진아재가 덕이를 달랬다.

"안 된대도요!"

"네 아버지가 상한 탄을 움막마다 대서 정신없을 게야."

"그게 무슨 말이에요?"

"열흘을 채우지 않은 숯으로 화로를 피우면 정신줄을 놓게 돼 있어. 그러니까 너무 걱정하지 말거라. 꼭 살아서 돌아오마."

그제야 화이는 아버지가 영글지 않은 숯을 적에게 준 이유를 알 수 있었다. 화이는 그것도 모르고 아버지를 오해한 것이 부끄러웠다.

"아, 아버……."

화이가 차마 아버지를 끝까지 부르지 못했다.

"너희들이 무슨 죄가 있더냐. 이런 세상에 태어나게 한 우리들 죄다. 그러니 우리 손으로 바꿔 보고 싶구나."

"그럽시다, 성님! 왕후장상의 씨가 따로 있단 말입니까? 우리도, 우리 자식들도 사람처럼 살게 합시다!"

병진아재가 진지 쪽으로 뛰었다.

아버지가 뛰어나가려다 멈칫하더니 뒤돌아보며 덕이와 화이에게 말했다.

"제발 조심해다오. 네 어미에게 약속했다. 니희 둘 중 한 명도 포기하지 않겠다고. 화이야, 덕이야, 무사히 살아서 집에서 만나자꾸나."

아버지가 두 소녀의 손을 꽉 잡았다. 어찌나 따뜻한 손인지 화이는 울컥 눈물이 솟구쳤다.

그사이 병진아재가 진지 코앞까지 다가가 아버지를 기다리고 있었다.

"······아버지, 약속할게요. 아버지도 꼭 살아서 돌아오세요."

덕이가 단단히 다짐을 하듯 대답했다.

아버지는 크게 고개를 끄덕이고는 정부군의 진지를 향해 뛰었다.

정황재가 이끄는 정부군의 진지는 커다란 불길에 휩싸였다. 소녀들이 쏘아 올린 불에 진지가 활활 타고 있었다. 매서운 한겨울을 통째로 녹이고도 남을 열기였다.

불길은 모두의 열망만큼 커다랗게 타올랐다.

신분과 차별을 뛰어넘는 불이었다.

저항의 몸짓이었다.

그 화염 속에 꼭 닮은 형제처럼 비슷한 사내의 두 그림자가 춤을 추듯 너울거리다 사라졌다.

화이와 덕이의 두 눈에 뜨거운 눈물이 흘렀다. 매서운 찬바람도 그 눈물의 뜨거움을 식힐 수는 없었다.

고려 명종 시대는 무신들이 천하를 호령하는 시대였다. 공납이라는 이중 과세로 백성들을 착취하고 그들의 곳간을 채웠다. 민중들에게는 더없이 불운한 시대였다.

망이 망소이의 난은 고려 무신정권에 대항하는 천민들의 봉기다. 민중의 봉기로 친다면 거의 효시와 같다. 양반이나 훈련을 받은 군인이 아니라 가장 천대를 받던 민초들이 자발적으로 만든 군대라는 점이다. 게다가 일부분 '성공한 봉기'다. 수백의 숫자에 불과했던 산행병마사가 삼천 명의 정부군에 대항하여 승리했다는 것은 그들이 얼마나 체계적으로 대항하였는지를 보여 준다.

또한 스스로 '산행병마사'라 부르며 자신들의 정체성을 결

정지은 것도 특이점이다. 남녀노소를 가리지 않고 받아들이고 성별과 차별을 없앴다는 점도 매력적인 소재였다. 그렇다면 숨겨진 여전사의 활약도 있을 터였다. 이야기는 그곳에서 시작되었다.

고려의 한 지방에서 시작된 민중의 봉기는 '차별'에 대한 저항이었다. 차별은 오래된 억압이다. 여성에게 투표권이 주어진 지 이제 백 년이 조금 넘었다. 백 년 동안 차별이 덜해졌냐면 그도 아니다. 여전히 피부색과 성별에 따른 차별이 폭력과 살인으로 발현되는 지금이다. 여성에 대한 차별은 더 견고해졌다. 그만큼 교활하게 확장되고 있다. 여전사라 이름 지으면 페미니스트라 단정하며 거리를 두는 현실이 속된 말로 웃프다. 작게나마 그 억압에 대해서 이야기하고 싶었다.

수백 년 전 숯쟁이의 딸로 태어난 화이가 21세기의 내게 손을 내밀었다. 시대의 억압 앞에서 당신은 자유로울 수 있느냐고 묻는다.

김소연

역사동화 『명혜』와 『꽃신』으로 이름을 얻었다. 작가로 명함 찍고 다닌 지 15년 차라지만 아직도 갈 길이 멀게만 느껴진다. 한창 역사와 SF 장르의 융합을 공부하고 있다. 우리 눈앞에 바짝 다가온 SF적 상황들과 지금의 우리를 있게 한 역사가 하나의 맥으로 이어져 있음을 피부로 느끼는 요즘이다. 어린이동산 중편동화 공모전과 창비좋은어린이책 공모전에 당선되었으며 서울문화재단, 경기문화재단 지원 예술인에 선정되기도 하였다. 최근에 나온 책으로는 『헬조선 원정대, 을밀대 체공녀 사건의 재구성』, 『승아의 걱정』, 『격리된 아이』(공저) 등이 있다.

불턱둥이 석지

조선의 여전사

석지

바당밭

3월 바닷속은 은은한 초록빛이 감돌았다. 물색이 청비단 치마결처럼 곱게 일렁였다. 푸른 비단은 진상품을 바치러 갔던 관아에서 딱 한 번 본 적이 있다. 한양에서 내려온 목사의 옷 수발을 든다는 침방 기녀가 입고 있었다. 햇살에 반사되어 번들거리던 치마폭을 보며 석지는 깊은 바닷속을 떠올렸다. 그 후로 석지는 물에 들어갈 때면 푸른 비단 치마가 생각났다.

"휘이이익-!"

석지가 물 밖으로 고개를 내밀며 기다란 숨비소리를 뽑았다. 벌써 여덟 번째 숨비다. 여덟 번씩이나 자맥질해 암초 사이를 뒤졌건만 망사리에 든 건 겨우 소라 네 개와 미역 한 타래가 전부다.

"에고, 힘들어!"

석지는 저도 모르게 신음을 내뱉으며 테왁에 매달렸다. 두렁박으로 만든 테왁이 열다섯 살 석지 몸에 눌려 출렁하더니 곧 파도를 탔다. 석지는 테왁에 몸통을 얹은 채 사지를 늘어트렸다. 멀리서 보면 바위 위에 걸쳐 누운 물범 같았다. 긴장을 풀어 버리자 아프던 골이 더 패는 듯했다. 귀도 멍멍하고 코도 매웠다. 눈앞이 노랬다 까맸다, 꼭 이승과 저승을 오락가락하는 기분이었다. 하지만 그런 몸살이 문제가 아니었다. 물질 시작하고 어멍인 월지를 따라 상군 바다로 나온 첫날이다.

월지는 잠녀 중에 상군 잠녀였다. 들어가는 물의 깊이나 수확하는 물건의 양 혹은 종류까지 그녀를 따라올 잠녀가 없었다. 석지는 태어나 첫 기억부터 물질하는 어멍 모습이 전부였다. 얇은 물소중이* 하나 입고 테왁을 어깨에 걸친 채 차디찬 바다로 첨벙첨벙 걸어 들어가던 어멍, 석지는 상군 잠녀 월지의 등 뒤를 보고 자랐다 해도 지나치지 않았다.

석지는 두 해 전 물질을 시작했다. 물론 열세 살이 되기 전에

---

* 제주도에서 해녀들이 물질할 때 입던 전통 노동복. 어깨에 걸개 끈이 있고, 가랑이 밑이 넓으면서도 막혀 있다. 가슴과 몸통은 가리고 팔과 다리는 노출되는 짧은 홑옷이다.

도 바다는 석지에게 놀이터 겸 뜨락이었다. 어릴 적에는 어멍이 물질하는 동안 불턱에서 화톳불을 쬐며 놀았다. 불턱이란 잠녀들이 바닷가에 세운 바람막이 쉼터였다. 잠녀들은 여기서 물에 들어가기 전 옷을 갈아입거나 물질 중간에 올라와 미리 피워 놓은 불에 몸을 녹였다. 물질이 끝나면 찬 바닷바람을 피해 채집한 해산물을 갈무리하고 허기진 배를 따뜻한 음식이나 물로 채우기도 했다. 어린 석지는 다른 잠녀의 아이들과 소꿉장난도 하고 땔깜으로 쓸 감태를 주워 모으기도 했다. 철이 들면서부터는 불턱 화톳불은 석지 몫이 되었다. 퍼렇게 식은 몸을 이끌고 나올 어멍이 쬘 불을 지핀다는 사실이 무척 자랑스러웠다. 월지는 딸아이가 돋우어 놓은 불에 감자를 던져 넣었다. 어린 석지는 짠 바닷물 간이 밴 구운 감자처럼 맛있는 음식은 세상에 다시 없을 거라고 생각했다.

테왁에 몸을 맡기고 흔들거리던 석지가 무심코 중얼거렸다.

"어멍은 어디쯤 있을까?"

고개를 들어 주변을 휘휘 둘러보았지만 보이지 않았다. 대신 같이 나온 동네 삼촌 잠녀들이 번갈아 고개를 내밀다 발끝을 내밀다 하며 물질이 한창이었다. 하군 잠녀들은 선배를 삼촌이라 불렀다. 다만 상군 중에 상군, 대상군인 월지만은 대상군 형님이라고 깍듯이 존대했다. 대상군이란 물질 실력뿐만 아니라 통솔력이나 덕성에서도 남다른 상군에게 주어지는 명예였다. 대상군의 결정에 따라 그날 물질을 나갈 것인지 그만둘 것인지도 판가름이 났다. 월지는 이른 새벽 바닷가에 나가 날씨와 물때를 가늠하고 물질의 여부를 결정했다. 잠녀들에게 있어 대상군의 결정은 나랏님 교지보다 더 엄중했다. 물질 없는 날은 온종일 밭에 가서 엎드렸고, 밭일이 끝나면 밀린 빨래와 집안일을 해치우는 게 삼녀의 일상이었다.

"저 먼저 나가요!"

석지는 방금 솟구쳐 숨비소리를 뽑아내는 샛별 삼촌을 향해 소리쳤다. 딸 이름이 샛별인 중군 잠녀가 헤엄쳐 다가왔다.

"나가려고?"

"눈앞이 노란 게 숨이 가빠서 더는 못 들어가겠어요."

샛별 삼촌이 빗창을 든 손을 휘휘 내저었다.

"어서 나가라. 처음 상군 바다에 들어왔으니 어지러울 만도 하지."

잠녀들은 잘 알고 있었다. 바당에서 욕심부리는 순간 목숨을 내주어야 한다는 걸 말이다. 그래서 잠녀들은 늘 이렇게 말했다.

"숨비가 허락하는 만큼만 들어가라."

"예, 삼촌. 우리 어멍 보시거든 말 전해 줍서."

석지가 열심히 물장구를 치며 바닷가로 다가가는데 저 앞에 다른 잠녀들이 테왁을 어깨에 둘러맨 채 뭍에 오르고 있었다. 그들은 월지와 친자매처럼 지내는 달래 어멍과 순택 어멍이었다. 두 사람은 월지에는 좀 못 미쳐도 어엿한 상군 잠녀였다. 스물다섯 살 먹은 월지가 배가 부른 채 마을로 들어왔을 때 따뜻하게 맞아 주고 물질을 가르쳐 준 은인들이었다.

두 삼촌이 석지에게 다가와 알은체를 했다.

"망사리 좀 내 봐."

"얘개개, 이게 다여?"

달래 어멍과 순택 어멍은 석지가 쭈뼛거리고 내민 망사리 안을 들여다보며 웃음을 터트렸다.

"물질 배운 지가 벌써 석삼 년인데 솜씨가 이게 뭐냐."

평소 남 놀리기를 좋아하는 순택 어멍이 혀를 찼다.

마음씨가 비단결인 달래 어멍이 대신 역성을 들어주었다.

"원래 큰 나무 밑에 있는 나무는 못 자라는 법이잖아. 그렇지 않아도 제 어멍 그늘에 가려서 주눅 든 비바리* 기죽이지 맙서."

그 말에 순택 어멍은 입술을 비죽거리며 석지를 노려보았지만 손은 어느새 자신이 끌고 올라온 묵직한 망사리 안으로 들어가고 있었다.

"자, 얼른 넣어."

순택 어멍은 소라 세 개와 성게 한 마리를 얼른 석지 망사리

---

* 큰 여자아이.

안으로 흘려 넣었다. 달래 어멍도 질세라 씨알 굵은 오분자기*
와 톳 한 뭉치를 꺼내 석지 망사리에 보탰다.

"아이고, 삼촌들. 이러지 마세요."

석지가 손을 내저었으나 순택 어멍이 눈을 찡긋했다.

"석지도 나중에 상군 되면 후배들에게 한숨 나눠 주고 하라."

한숨이란 자맥질 한 번 해서 얻을 수 있는 만큼의 수확물을
뜻하는 말이었다. 잠녀 선배들은 후배 잠녀 망사리가 허전하면
다른 사람 눈을 피해 슬쩍 자신이 딴 해산물을 나눠 주곤 했다.

"그래, 내가 가진 운을 조카한테 조금 나눠 주는 것이야."

달래 어멍이 거들었다.

두 잠녀는 각자 묵직하게 수확을 거둔 망사리를 어깨에 걸머
메고 불턱으로 들어갔다. 석지가 두 사람을 따라 발길을 옮기는
데 뒤에서 부르는 소리가 났다. 돌아보니 월지였다. 월지의 눈길
이 땀보다 땀이 듣고 있는 망사리에 먼저 가 닿았다.

"많이 못 잡았어."

석지 볼이 빨개지는데 월지가 손바닥만 한 전복 한 마리를 내
밀었다.

"다른 삼촌들 보기 전에 얼른 넣어라."

---

* 전복과 비슷하게 생긴 수산물의 하나. 우리나라에서는 제주도에 발견되며 수심
이 얕은 바다에서 수확된다.

저 전복 하나를 따자면 푸른 비단결 물빛 아래로 몇 번이나 내려가야 했을까? 전복은 클수록 힘이 좋아 바위에서 떼어 내려면 숨비 한 번으로는 어림없었다. 어떤 것은 붙어 있는 자리가 고약해 서너 번은 자맥질해 들어가야 간신히 손에 넣을 수 있었다. 지금 석지 손바닥 위에 놓인 전복도 어멍의 숨통을 몇 번씩 조여 가며 뭍으로 나온 생명이리라. 석지는 상군 바다 깊고 깊은 물속을 떠올리며 입술을 깨물었다.

"어멍, 내 얼른 가서 불 지피고 감자 넣을게."

불턱으로 들어간 석지는 숨 돌릴 새도 없이 장작불을 지피고 집에서 가져온 감자를 바닷물에 씻었다. 불턱에 둘러앉은 잠녀들이 석지의 재바른 몸짓을 흐뭇한 표정으로 지켜보며 이야기를 나누었다.

"누가 불턱둥이 아니랄까 봐 여기만 들어서면 날아다니네, 쟤가."

"불턱엔 석지가 있어야 훈김도 들고 생기도 나는 법이야."

불턱둥이란 석지가 태어난 곳이 바로 이곳, 불턱이라 붙여진 별명이었다. 월지가 만삭인 채 물질을 나왔다가 그만 불턱에서 몸을 풀었던 것이다. 석지는 불턱둥이라는 놀림이 하나도 싫지 않았다. 싫기는커녕 태어날 때부터 잠녀로 자격을 갖춘 것 같아 우쭐했다. 잠녀들이 석지가 나눠 주는 구운 감자를 호호 불어 먹으며 말을 이었다.

"아무래도 우리가 여정 요역을 나가야 할 거 같으이."

"또 요역이에요?"

화톳불에 마른 가지를 꺾어 넣던 석지가 한숨을 섞어 물었다.

순택 어멍이 대답했다.

"사내 없는 집 여자가 군역을 대신하려면 여정*, 그러니까 여자 군인 노릇을 할 수밖에."

"그럼 여정이란 게 일만 하는 게 아니라 남정네들 대신 군인 노릇까지 한단 말이에요? 왜구가 쳐들어 올 때 창이나 칼을 들고 싸우는 전투를 해야 한다고요? 에고, 무시라!"

석지가 감자 검댕이 잔뜩 묻은 입을 커다랗게 벌리며 호들갑을 떨었다. 잠녀들이 웃음을 터뜨렸다.

"석지는 왜구가 무섭구나."

"그럼 달래 삼촌은 안 무서워요? 흉악한 강도들인데?"

순택 어멍이 눈가를 훔치며 대답했다.

"무서울 게 무어야. 집집마다 아방들을 고깃밥으로 용왕님께 바치고 여자 일 남자 일 구분 없이 해 오면서 사는 우린데."

순간 석지 눈에 순택 어멍의 모습이 다르게 보였다. 웃느라 맺힌 눈물방울을 훔치는 게 아니라 서러움에 눈가를 문지르는

---

*   조선 법에 호적에 오른 여자는 여정, 남자는 남정이라 칭했다. 그중에 열다섯부터 예순 살까지 일할 수 있는 남자를 장정이라 불렀다. 여자의 경우 따로 부르는 말 없이 여정이라는 명칭으로 뜻을 같이했다.

것 같았다. 석지는 나만 그렇게 착각한 것이겠지 싶어 주위를 둘러보았다. 그러다 엇비슷한 표정들에 머쓱해졌다. 아홉 해 전 올망졸망한 아이 셋을 데리고 과부가 된 순택 어멍뿐이 아니었다. 한 집 걸러 한 집씩으로 뱃길에 남편을 잃은 여인들이 웃다가 우는 얼굴이 되어 입을 꼭 다물고 있었다.

석지는 아버지가 없는 기분이 무언지 잘 몰랐다. 원래부터 아비가 없었다. 관아에서 약방 기녀로 일하던 월지가 면천*을 하고 나올 때 배 속에 석지가 들어 있었다. 그 아비가 누구인지는 밝혀지지 않았다. 때문에 석지에게는 김이니 권이니 하는 성씨가 없었다. 그저 어멍의 이름 마지막 자를 따라서 석지라고 불릴 뿐이었다. 석지는 그런 건 아무렇지도 않았다. 처음부터 없던 것은 없는 게 아니기 때문이다. 석지는 하루빨리 어멍처럼 물질 잘하는 잠녀가 되는 것만 소원이었다.

"성산진성 짓는다고 그렇게 백성들 고혈을 짜내더니 이제 다시 수산진성으로 되돌린단 말이오?"

어깨가 장성 못지않게 떡 벌어진 잠녀 하나가 볼멘소리를 했다.

"그렇다고 하네."

월지가 짤막하게 대답했다.

---

* 천민의 신분은 면하고 평민이 됨.

"아니, 성님은 억울하지도 않소? 성산포 앞에 성곽을 쌓는다고 우리가 얼마나 고생했소. 진상해야 할 전복 딸 시간도 없이 새벽부터 밤까지 돌아친 걸 생각하면, 휴. 그런데 멀쩡한 성산성 버리고 수산진성을 증축할 테니 구덕 가지고 나오라니 이게 될 말이오?"

어깨 장군 잠녀가 대들듯 말대꾸를 하자 둥그런 바람벽으로 된 불턱에 싸한 기운이 흘렀다.

"자네 지금 뭐 하는 짓인가? 대상군 형님이 그렇게 하자 하면 그뿐이지 어디서 말대답을 꼬박꼬박 붙이는 겐가?"

달래 어멍이 짐짓 엄한 목소리로 동료를 꾸짖었다. 평소에는 누구보다 다정다감한 그녀였지만 원칙과 규율에서만은 틀림없는 성격이었다. 다른 잠녀들 역시 어깨 장군을 향해 사나운 눈총을 보냈다. 대들었던 잠녀가 금세 기가 꺾여 고개를 수그렸다.

"갓난쟁이 끓여 먹일 미역도 다 떨어져 가요. 이번에 동원되면 언제 또 바당밭에 들어갈 수 있을까 싶어서 그만…… 대상군 형님, 용서합서."

바당밭이란 잠녀들이 일터로 삼는 제주 바다를 일컫는 말이다. 바다 밭이란 뜻에 꼭 맞게 제주 앞바다는 여인들에게 가족을 먹여 살릴 해산물을 꾸준히 내어 주었다. 여인들에게 바당은 아버지와 남동생, 남편과 아들을 앗아 가는 철천지원수도 되고 평생 먹고 살아갈 양식을 대 주는 은인도 되었다. 그렇게 미움과 고마움, 슬픔과 기쁨을 한꺼번에 맛보게 하는 바당이야말로 제주 여인들의 삶 그 자체였다.

활터

임진왜란과 정유재란이 끝난 선조 31년 봄, 성윤문이 제주목 목사로 부임하였다. 전임 목사인 이경록이 성산진성의 축조를 위해 무리하게 공사를 이끌다 부임 일 년 만에 병으로 죽었다. 그 후임으로 한양에서 보낸 벼슬아치가 성윤문이었다. 그는 제주목 관아에 부임하자마자 선임자가 추진 중이었던 성산진성 공사를 중단시켰다.

"성곽 안에 샘이 없고 너무 고립되어 왜구를 방어하기 어렵다."

이 한 마디로 목숨 바쳐 추진했던 선임자의 사업은 헛짓이 되어 버렸다. 제주 백성은 곱다시 수산진성 개축 공사에 동원되었다. 워낙 낙후되어 있던 성곽을 돌보지 않으니 겨우 한 해 만에 잡초가 무성하고 벽이 허물어져 구멍이 뚫려 있었다.

월지와 아낙들은 종일 돌을 나르고 허물어진 담을 세우고 구멍을 메꿨다. 거기에 남정들을 위한 밥을 짓고 물까지 길었다. 허벅에 돌을 잔뜩 담아 성벽 위로 나를 때는 온몸에서 땀이 비오듯 쏟아졌다. 수십 번도 더 오르내리는 비탈에 여정들이 흘린 땀방울이 한 줄로 길을 낼 지경이었다. 그래도 누구 한 사람 앓는 소리 한번 내지 않았다. 삶이란 원래 숨이 턱밑까지 차오르도록 힘겨운 것이다. 투정 부릴 시간에 물항아리에 물 한 동이 더 져다 붓는 게 똑똑한 짓이었다. 이것이 제주 여인들의 철학이었다.

"점심들 잡수소!"

빈터에 커다란 솥을 걸고 밥을 짓던 순택 어멍이 주걱을 흔들며 소리쳤다. 흙과 돌을 져 나르던 여인들이 둥그렇게 모여 앉았다. 톳을 잔뜩 썰어 넣은 보리밥이 한 그릇씩 주어졌다. 목사가 요역을 나온 여정들을 대견하게 여겨 특별히 보리쌀 한 자루를 내려 주었다. 스무 명이 넘는 사람들이 먹기엔 턱없이 부족한 양이라 순택 어멍은 어제 물질에서 따 온 톳을 섞어 밥을 지었다. 진종일 돌덩이를 이고 뛰어다니는 일꾼에게 어울릴 만한 밥상은 아니었다. 그래도 구수한 보리밥 냄새는 여정들의 빈속을 요동치게 했다.

"아유, 맛나다. 얼마 만에 먹어 보는 곡기냐."

"보리밥은 오늘 하루만 나오는 건가?"

"요역 첫날이니까 사또께서 큰 인심 한번 쓰시는 거지, 설마 매일 곡식을 내려 주겠어?"

"그나저나 요역은 언제까지 나와야 하는 거야?"

"아까 성벽 쌓는 아방들 하는 얘기를 들으니까 가을걷이 전까지는 일을 마쳐야 한다고 하던데."

달래 어멍과 샛별 어멍이 주거니 받거니 조잘대는 모습을 바라보던 순택 어멍이 한숨을 쉬었다.

"가을걷이? 어이구, 요역도 좋고 보리밥도 좋다만 이러다 물질은 언제 하러 간다니."

그 말에 모두의 눈길이 월지에게로 모였다. 월지는 보리밥에 된장을 발라 듬뿍 떠먹던 숟가락질을 멈추고 주위를 둘러봤다. 다들 월지 입에서 나올 대답을 기다리는 눈치였다. 그걸 모를 리 없는 월지였지만 그녀는 묵묵히 밥만 떠먹을 뿐이었다. 월지의 입만 쳐다보고 있던 달래 어멍이 조심스럽게 물었다.

"형님, 말이라도 한번 올려 봐야 하지 않겠어요? 진상 날짜가 바득바득 다가오는데."

제주에서 한양 궁궐로 올려 보내는 진상품으로 첫 번째가 전복이요, 두 번째가 미역이었다. 미역은 급한 대로 할망바당, 그러니까 얕은 물에서라도 뜯어 모을 수 있었다. 하지만 전복은 달랐다. 전복은 열 길이 넘는 바닷속으로 들어가야 찾을 수 있는 귀한 것이었다. 깊이 잠수할 수 있는 상군 잠녀만 진상품으로 가려낼 커다란 전복을 건져 올릴 수 있었다. 잠녀들이 여정으로 요역에 동원되었다고 진상 날짜가 바뀌는 법은 없었다. 요역은 요역대로, 진상품 마련은 마련대로 감당해야 했다.

"대상군 형님이 직장 나리께 부탁 좀 드려 봐요. 요역을 하루 쉬게 한다든지 진상 날짜를 좀 미룬다든지."

달래 어멍이 조심스럽게 말했다.

진상품을 올려 보낼 날짜를 미룬다는 말은 사실 불가능에 가까운 바람이었다. 진상품을 배에 실어 섬에서 내보내는 날짜는 법으로 정해져 있었다. 변덕스러운 섬 날씨나 바다 상황에 따라 출항이 며칠 늦어질 수는 있지만 진상품을 바치는 날짜는 날씨고 바다고 간에 어김없이 정해진 그대로였다. 잠녀들이 이 사실을 모를 리 없었다. 억지에 가까운 바람이었으나 혹시나 하는 요행이나마 앙망하는 마음들이었다. 그들의 처지가 그러했다.

다음 날, 월지는 석지를 데리고 관아로 갔다. 동헌 마루는 목사가 새로 부임한 티를 내듯 반들반들 윤이 났다. 관아 안팎을 돌보는 관비들 역시 부지런히 움직이며 기강이 바짝 든 모습이었다. 월지는 마른침을 꿀꺽 삼키고 관아 뒤편에 있는 창고로 갔다. 직장 최응찬이 진상품을 관리하고 지키는 일을 맡아 하는 곳이었다.

"나리, 계십니까?"

곧 두런두런 남자 목소리가 나더니 사내 둘이 문을 빼꼼히 열고 내다보았다.

"월지 자네가 여긴 웬일인가?"

덥수룩한 구레나룻의 최 직장 옆에 못 보던 도령 하나가 서 있었다.

"말씀 좀 여쭐 게 있어서 왔나이다."

월지가 고개를 조아리며 두 손을 모았다. 석지도 제 어미를 따라 허리를 굽혔다.

"내 알기로 오늘 요역하는 날일 텐데?"

최 직장이 눈썹을 찡그리며 두 모녀를 번갈아 보았다.

"이를 말씀입니까. 얼른 말씀 아뢰고 바로 내려가야지요."

월지가 굽실거리며 대답하자 최 직장이 "얼른 말하게", 하다 손을 들었다.

"아, 혹시 진상 날짜나 진상품 물목 개수 어쩌고 하는 얘기면 난 안 들을라네."

말도 꺼내기 전에 거절당하는 꼴이었다. 월지는 절절매다 다시 숨을 가다듬었다.

"어디 감히 그런 마음을 먹겠습니까. 다만 전복을 따자면 어김없이 깊은 물로 나가야 하는데 온종일 성벽에 묶여 있으니 짬이 나야지요. 부디 하루나 이틀 요역을 쉴 수 있게 해 주시면 정성을 다해서 진상품을 마련하오리다."

직장이 고개를 완강히 저었다.

"사또의 엄명이 있었네. 내가 지금 새로 오신 책실 나리와 진상 물목을 점검하는 것도 같은 이유야. 사또께서 진상품 상황을 보시고 그동안 부지런히 준비한 노고를 치하하셨네. 이 정도면 성곽 수리를 하면서도 충분히 숫자를 맞출 수 있으니 절대 여정들을 헛되이 쓰지 말라고 하셨네."

최 직장은 뒤를 힐끔 돌아보았다. 거기에는 붓과 장부를 들고 서 있는 글방 도령이 월지 모녀를 뚫어져라 쳐다보고 있었다. 좀 더 정확히 표현하자면 석지 얼굴을 뜯어보고 있었다.

"아 침, 인사 올리게. 여기 계신 분은 이번에 사또님을 따라 한양에서 내려오신 책실이시네."

책실이란 지방관으로 부임하는 관리가 개인 비서겸 서류 작성과 분류를 위해 데리고 내려오는 글방 서생이었다. 책실은 수령을 가까이 모시며 그의 명령이나 뜻을 아랫사람들에게 알리는 역할도 겸했다. 때문에 관아에서 거드름깨나 피우며 상전 노릇을 하는 축에 끼었다. 월지와 석지도 그런 책실의 자리를 모르지 않았다. 월지는 굳은 얼굴을 억지로 펴며 인사를 올렸다.

"대상군 잠녀가 성산포에 산다더니 바로 자네구먼."

윤병하라는 책실이 호기심이 잔뜩 어린 눈으로 모녀를 훑어보았다. 바닷속 깊은 물에 헤엄쳐 들어가 해산물을 따오는 여인 이야기는 책에서만 보았던 서울내기 표정이었다.

석지는 자신의 몸을 거침없이 훑어내리는 윤 책실의 눈길이 거북살스러웠다. 아무리 반상의 법도가 엄연하고 양반과 상민의 격차가 있다 한들 저도 댕기머리 도령이고 나도 처녀티 물씬 나는 비바리건만 내외는커녕 이렇게 대놓고 구경거리 삼는 작태를 보니 기분이 좋을 수가 없었다.

월지는 딸애의 부아 난 속마음은 채 알아차리지 못하고 최 직장에게 매달리는 소리만 했다. 월지의 애원에도 최 직장은 요지부동이었다. 사또의 명이라는 말만 되풀이할 뿐 자신에게는 아무런 힘이 없다고 했다.

"부지런히 움직이면 못할 일도 아니니 엄살 그만 떨고 물러가게."

월지는 더이상 졸라대 봤자 동티만 날 것 같아 돌아섰다.

"어멍, 이럴 줄 모르고 왔수까?"

"모르고 왔겠니, 달래 어멍 말대로 찔러나 본 거지."

월지는 땅이 꺼져라 한숨을 내쉬고는 앞장서 걷기 시작했다.

"그놈의 부지런하라는 말은! 에잇, 고약하다!"

석지가 길가 돌멩이를 발로 툭 찼다.

그날 저녁, 월지네 앞마당에 잠녀들이 모여 앉았다. 월지가 아무 소득 없이 동헌을 나온 걸 탓하는 이는 한 명도 없었다.

"내일부터 동 트기 전에 물질 나갔다가 바로 진성으로 갑세."

월지가 화로에 담긴 불씨를 부젓가락으로 뒤적거리며 말했다.

"새벽에 무슨 물질을 해요. 컴컴해서 앞도 안 보이는데."

어깨 장군 잠녀가 오리주둥이를 했다. 그녀 역시 상군 잠녀로 진상할 전복을 따야 할 책무가 막중했다. 달래 어멍이 한숨을 섞어 대꾸했다.

"그러면 해 지고 들어갈까? 지난번 성산진성 요역 때도 그렇게 했으니까 이번에도 용을 써 봐야지."

새벽 바닷물은 한여름에도 찼다. 하물며 이제 갓 3월에 들어선 초봄이다. 전복도 물이 따스해지는 한낮에 바위 등성이로 기어 올라온다. 그런 놈을 건지려면 앞도 보이지 않는 물속에서 바위 아래를 손으로 일일이 훑어야 했다. 새벽 물질은 이래저래 위험하고 힘든 일이었다.

"다행히 그동안 우리가 해 놓은 물량이 있으니 조금만 더 보태면 될 거우다."

월지가 상군 잠녀들을 다독이느라 말씨를 가다듬었다.

순택 어멍이 자리에서 벌떡 일어나 물허벅을 짊어졌다.

"낼 새벽에 물질하러 나가자면 물항아리는 미리 채워 놔야지. 자, 어멍들 물 길러 갑세."

씩씩한 순택 어멍이 늘어져 있는 잠녀들을 일으켜 세웠다.

석지는 아직 물질이 서툰 스스로가 원망스러웠다.

"나도 어멍처럼 실력 있는 상군이었으면 한 자리 보태는 건데."

이제 갓 상군 바다에 자맥질하기 시작한 석지는 내일 새벽 물질에는 나갈 수 없었다. 어멍이기 전에 동료 잠녀들의 안전을 책임지는 월지가 허락하지 않기 때문이었다.

몇 시간이나 잤을까? 월지가 짚자리에 동그랗게 몸을 말고

자는 딸의 어깨를 흔들었다.

"어서 일어나라. 불턱에 가서 모닥불이라도 지피려면."

그 소리에 석지가 벌떡 일어나 앉았다. 고개를 들어보니 어멍은 벌써 물소중이로 갈아입고 나갈 차비를 마친 채였다. 석지는 눈곱을 뗄 새도 없이 정지(부엌)로 나가 감자와 마른 생선 몇 마리를 챙겼다. 표주박에 물도 따로 담았다. 빈속으로 물에 들어갈 잠녀들에게 요깃거리라도 마련해 줄 요량이었다. 석지는 허벅에 땔감 몇 개와 먹을거리를 챙겨 넣고 부지런히 어멍을 따라나섰다.

며칠이 흐르고 어느 날, 성곽 공사장에 최 직장이 나타났다. 그는 돌을 나르느라 진땀을 쏟는 석지를 불러냈다.

"너는 내일부터 활터로 나와라."

활터란 양반과 군인들이 활쏘기 훈련을 하는 국궁장이었다.

"예? 저만요?"

석지가 갑작스러운 명에 눈을 깜빡거렸다.

"나리들 잔심부름이며 활과 화살 갈무리를 담당하는 일이다."

최 직장은 이 말만 남기고 허위허위 돌아가 버렸다.

월지뿐만 아니라 다른 아낙들도 멍한 표정이 되어 석지를 바라보았다. 다들 무슨 곡절로 석지 혼자 요역 장소가 바뀌는지 알 수 없었다. 이튿날부터 석지는 새벽에 물질 나가는 잠녀들 뒷바라지를 마무리하고 나면 수산진성 뒤편에 있는 활터로 나갔다. 활터 일은 성곽 돌쌓기에 비하면 일이라고 할 것도 없었다. 경연이나 연습이 있을 때 깃발을 흔들어 과녁에 맞춘 화살의 점수를 신호해 주는 일이 주 업무다. 또 양반들이 쏜 화살을 주워 말끔하게 정돈하는 일도 도맡았다. 그 밖에도 정자를 청소하고 그날 쓸 활과 화살을 손질하고 과녁이 밤새 바람에 넘어지지 않았나 갈무리했다. 활쏘기를 하러 나온 양반이 있으면 밥을 짓고 술상을 내고 설거지를 하고 뒷정리를 하는 일도 석지 몫이었지만 그깟 밥짓기 정도는 소일거리에 지나지 않았다.

밤이 되었다. 석지는 끙끙 앓는 소리를 내는 어멍 옆에 누웠다.

"어째 세상이 거꾸로 돌아가는 갑소. 나이 든 어멍이 힘든 요역에 물질까지 도맡고 새파란 내가 신선놀음을 하고 있으니."

석지는 죄스러운 마음에 한숨을 내쉬었다.

"네 어멍 아직 서른 중반이여. 나이 든 할망 취급 마라, 억울하다."

월지가 가벼운 농담으로 넘기려 했다.

"그래도 새벽 바다에 들어가는 어멍 등을 보면 내 뼈가 다 시려요. 그러고 돌아서서 활터로 가면 진종일 마음이……."

"쓸데없는 소리. 어떤 연유로 가게 되었는지는 모르겠다만 난 한결 마음이 놓인다. 너라도 성곽 일에서 헤어났으니."

가만히 듣고 있던 석지가 "어멍" 하고 불렀다.

"혹 섬에서 나갈 기회가 된다면 어쩔 테요?"

"출륙금지법을 어기고?"

조정에서는 제주에서 난 여자는 섬을 떠날 수 없도록 법으로 정해 놓았다. 전복과 미역을 딸 잠녀의 수가 줄어드는 것을 미연에 방지하자는 목적이었다.

"응, 이렇게 평생 요역에다 진상에 시달리며 배곯고 사느니. 해남 섬들에는 도망친 제주 사람들이 숨어 사는 경우가 종종 있다네요."

전라도에서는 뭍으로 건너온 제주 남자들을 두무악이라고 불렀다. 두무악이란 본래 한라산을 칭하는 다른 이름이었다. 그들은 목을 짓누르는 세금과 부역에서 도망친 후 다도해 무인도에 숨어 살며 고기잡이로 목숨을 이어 나갔다.

"우리도 두무악처럼 배 타고 멀리멀리 도망갔으면……."

월지는 석지가 종알거리는 소리를 잠자코 듣기만 했다. 어린 것이 언제 저렇게 커서 간덩이 부은 소리를 하는지 놀라웠다.

"어서 자자. 내일은 일찍 바당밭에 나가 봐야지."

월지는 이 말을 끝으로 바로 잠들었다. 석지는 심란한 마음에 쉽게 잠들지 못했다.

시간이 흐르고 진상물목을 바칠 날이 다가왔다. 월지는 딸과 함께 허벅에 추복 열 접을 나누어 지고 관아로 갔다. 추복이란 전복을 얇게 두드려 펴 말린 것을 일컬었다. 날전복 세 마리를 한데 묶어 말려야 추복 한 마리가 되었다. 한 접에 추복 열 마리

씩 묶었으니 결국 열 접이면 전복 삼백 마리에 해당하는 분량
이었다. 집집마다 할당된 추복 수가 열 접씩이었다. 그 수를 못
맞추면 쌀이나 면포로 갚아야 했고 그마저 마련하지 못하는 집
은 붙들려 가 곤장을 맞거나 아예 관비로 전락해 종살이를 해
야 했다. 제주 잠녀들이 죽을힘을 다해 바당밭에 뛰어드는 까
닭이었다.

상군 바다를 제 집 안마당처럼 들락거리는 월지네는 그나마
형편이 나은 쪽이었다. 진상 날짜가 코앞까지 닥치면 사색이 된
얼굴로 월지를 찾아 읍소하는 집들이 꼭 나왔다.

월지가 동헌 행랑채에 등짐을 내려놓았다. 최 직장은 기다렸
다는 듯이 보따리를 풀어 추복을 헤집어 보았다.

"지난번보다 크기가 좀 작네그려."

추복을 집어 들고 햇살에 비추어 보던 최 직장이 얄미운 소리
를 했다.

월지는 입술을 깨문 채 아무 대꾸도 하지 않았다. 말 섞고 싶
지 않은 티가 역력했다. 내 살같이 아까운 전복이었다. 그걸 겨
우내 말려 손질 깨끗이 해서 갖다 바쳤으면 칭찬은 그만두고라
도 수고했네, 한 마디는 해 줄 수 있지 않을까. 그러나 끄트머리
관직도 벼슬아치라고 얄궂은 소리로 앞에 선 읍민의 야코만 죽
이려 들었다.

월지 모녀는 최 직장이 장부에 추복 개수를 적는 걸 확인한

후 돌아섰다. 석지는 어멍을 쳐다보았다. 일 년 농사 홀딱 빼앗기고 나온 농부의 얼굴이 저럴까 싶었다. 헛헛하고 맥없이 늘어진 표정에 가슴이 에였다.

"난 바로 성곽으로 가려는데 넌 어쩔래?"

"활터로 가 봐야죠. 오늘 향교 양반들이 사또를 모시고 경연을 벌인다네요."

"그래라, 그럼."

월지가 어깨를 늘어트린 채 멀어졌다. 석지는 차마 발길을 돌리지 못하고 어멍 뒷모습을 하염없이 바라보았다. 그때였다. 동헌 앞문으로 책실 윤병하가 나왔다. 마주치고 싶지 않은 사내였다.

"일하기는 재미있느냐?"

책실이 빙글빙글 웃으며 다가왔다. 석지는 대꾸하고 싶지 않았지만 양반이 묻는 말을 모른 체하고 달아날 수는 없었다.

"예?"

"어허, 예는 무슨. 내가 널 신간 편한 활터로 빼느라고 얼마나 애를 썼는데 겨우 인사가 그거야?"

석지는 자신의 귀를 의심했다. 활터 심부름꾼이 된 일이 책실 윤병하의 계획이었다니 믿을 수 없었다. 석지가 당황해 어물거리는데 윤병하가 석지 앞으로 바짝 다가섰다.

"내 너를 눈여겨보고 있으니 명심하렷다."

석지는 하얗게 질려 도망쳤다. 뒤에서 소름 끼치는 웃음소리
가 들리는 듯했다.

붉은빛

석지는 잠이 오지 않았다. 아침에 들었던 윤병하의 말이 귓가
에서 뱅뱅 맴돌았다.

'사실일까?'

석지는 잠자리에 들 때까지 어멍에게 말해야 하나 싶어 망설
였다. 월지는 머리를 베개에 붙이자마자 잠이 들었다. 수산진성
공사는 얼추 마무리되어 가는 모양이었다. 그녀는 한 보름만 더
고생하면 한 고비 넘길 거라며 숨비소리처럼 길고 긴 숨을 뽑아
내곤 했다.

'앞뒤없이 농짓거리한 걸 가지고 괜히 어멍 속만 뒤집어 놓
을라.'

석지는 곤하게 자는 어멍 얼굴을 들여다보다 이렇게 매듭을
지었다.

다음 날 아침, 석지는 활터로 발길을 잡았다. 어제 경연을 벌
인 양반들 술자리를 마저 갈무리해야 했다. 읍성 주민이 총동원
된 성곽 공사에는 코빼기 한번 비치지 않아도 새로 부임 해 내

려온 신임 목사를 위한 환영 잔치는 야무지게 챙기는 그들이었다. 석지는 어제, 해가 기울도록 활터를 뛰어다니며 과녁 밖으로 나간 화살을 줍느라 진땀을 뺐다. 어두워진 후에는 관에서 나온 노비가 만든 술과 음식으로 주안상을 차리느라 끼니마저 걸렀다. 심부름을 하느라 정지간과 누마루를 오갈 때마다 목사 옆자리에 꼭 붙어 앉은 윤 책실이 눈에 띄었다. 석지는 그를 볼 때마다 가슴이 뛰고 손발이 떨렸다. 윤병하는 어제와 달리 석지에게 눈길 한번 주지 않았다. 오로지 제 상전 비위 맞추기에 여념이 없었다. 술자리가 밤늦게까지 이어지자 관아 반빗간*을 통솔하는 찬모가 석지를 집에 돌려보냈다.

"말만 한 비바리가 늦게 다녀서 좋을 게 뭐 있누."

석지는 올레길을 걸으며 연거푸 뒤를 돌아보았다. 혹여 윤병하가 자신의 그림자를 밟으며 쫓아오면 어쩌지 싶어 허방다리를 짚었다. 하지만 집에 올 때까지 혼자였다.

날이 밝기도 전에 활터에 다다른 석지는 바로 정지간으로 향했다. 아니나 다를까 부뚜막 위에 설거지거리가 한가득 쌓여 있었다. 석지는 얼른 아궁이에 불을 지펴 물을 올리고 물허벅을 지고 샘가로 내달았다. 어제 일찍 보내 준 인사를 일로 갚고 싶었다.

---

* 반찬을 만드는 곳. 찬간.

뒷정리가 얼추 끝나가는 참이었다. 석지가 누마루를 걸레로 훔치고 있는데 뒤에서 부르는 소리가 났다.

"아이고, 부지런도 해라. 벌써 말끔히 치워 놨네."

돌아보니 다모 애옥이었다. 애옥은 성산읍 정의현청에 소속된 기녀였다. 그녀는 양반 부녀자 경호를 책임지고 여정에게 군사기술을 가르치는 교관 노릇을 하기도 했다. 제주에서 흔히 볼 수 없는 다모라 성산읍에서 애옥을 모르는 사람이 없었다. 석지도 마찬가지였다. 동헌 앞 저잣거리에서 먼발치로 본 적이 여러 번이었다. 다만 통성명을 하고 이야기를 나눠 본 적은 없는 사이였다. 석지는 날렵한 몸피에 활과 화살통을 어깨에 걸머멘 애옥을 쳐다보았다.

"아지망 나왔수꽈?"

애옥은 석지를 향해 한번 빙긋 웃어 주고는 활터에 자리를 잡았다. 석지는 걸레질을 서둘러 마무리하고 조용조용 물러났다. 조금 있자 정지간 문밖에서 '휘이익-탁! 휘이익-탁!' 하고 살 쏘는 소리가 들려왔다. 석지가 정지간 문지방에 걸터앉아 그 소리를 듣다 활터로 나갔다. 석지는 누마루 기둥에 기대 서서 가만히 구경했다. 과녁을 향해 시위를 매기는 애옥의 옆모습이 참 멋있어 보였다. 한참 활쏘기를 하던 애옥이 이마에 맺힌 땀을 훔치다 흠칫 뒤를 돌아보았다.

"이름이 뭐라 그랬지?"

석지가 제 이름을 가르쳐 주자 애옥이 다가왔다.

"어디 자네도 한번 쏘아 볼 텐가?"

석지는 제 속마음을 들킨 듯 귓불이 발개졌지만 애옥이 내미는 활을 마다하지 않았다.

"자, 다리는 어깨너비만큼 벌리고 허리를 쭉 펴야지. 시위를 당기는 팔꿈치와 살이 일직선으로 곧게 이어져야 해."

애옥은 석지의 엉거주춤한 자세를 일일이 고쳐 주었다. 석지는 첫 화살을 날렸다.

"에고!"

팽팽하던 시위가 휙 소리와 함께 튕기면서 화살이 허공을 가르자 제풀에 놀란 석지가 탄성을 올렸다. 화살은 멀리 서 있는 과녁 근처에 떨어져 수풀 사이로 숨어 버렸다.

"처음치고 제법인데."

"과녁 끄트머리에도 못 갔는데 제법은요."

석지가 배시시 웃자 애옥이 마주 웃었다.

"처음부터 잘하는 사람이 어디 있나. 내 종종 활쏘기 가르쳐 줄 테니 배워 놓아."

"저는 물질하는 잠녀인데 활쏘기는 배워서 뭐에 쓴다고요."

"자네도 보아하니 여정을 칠 나이일 듯한데, 제주 여정이 아무렴 활도 못 쏜다고 하면 왜구가 비웃지 않겠어? 하하하!"

애옥이 시원스럽게 웃었다. 석지는 어멍 월지가 내뿜는 대상군 잠녀의 위엄과 엇비슷한 느낌을 애옥에게서도 받았다.

애옥은 저고리 곁동이 젖도록 활을 쏘다가 돌아갔다. 석지는 제 할 일을 끝내고 어두워지는 활터 뜰에 내려섰다. 애옥에게서 배운 자세를 연습하느라 팔을 올렸다 내렸다 했다. 한창 삼매경에 빠져 있는데 대문가에서 난데없는 목소리가 튀어나왔다.

"벌거벗고 물에 뛰어들 줄만 알았더니 이젠 무기까지 다루시려고?"

석지가 놀라 돌아보니 윤병하가 능글맞게 웃으며 걸어오고 있었다. 석지는 얼른 팔을 내리고 고개를 숙였다.

"어젯밤 연회에 술이 과했는지 온종일 자리보전하지 않았겠냐."

묻지도 않은 말에 저 혼자 대답하며 입맛을 다셨다. 석지는 딱히 대꾸할 말이 떠오르지 않아 잠자코 서 있었다. 두 사람 사이에 어색한 침묵이 떠돌았다.

"네 어미가 월지라는 기녀 맞지?"

석지가 눈가를 살짝 찌푸렸다.

"기녀가 아니라 잠녀올시다."

윤병하가 콧방귀를 핑 뀌었다.

"잠녀는 나중 얘기고. 제주목 관아에 배속된 침방 기생이었던 걸 내 다 알고 있느니."

"바느질하는 침방이 아니라 침을 놓는 약방 의녀였다고 들었습니다.”

윤병하는 석지 말에 이맛살을 구겼다.

“허! 고년! 침방이건 약방이건 수청 기생 노릇한 것만은 틀림 없으렷다.”

윤병하가 짐짓 꾸짖는 시늉을 하자 석지는 기가 죽었다. 어쨌 거나 사또를 지근에서 모신다는 책실이다. 그의 비위를 거슬려 놓아 좋을 일이 무엇일까 싶어 입술이 바르르 떨렸다. 윤병하는 석지의 서슬이 누그러진 틈을 타 그녀의 팔목에 손을 가져다 댔 다. 석지는 뱀이나 닿은 듯 화들짝 놀라 팔을 뺐다. 윤병하는 물 러서지 않고 다시 석지에게 손을 뻗었다.

“내 나이 이제 열여덟이다. 장가도 들기 전에 첩부터 들이는 게 법도에 맞지 않는다만 지방 관아에 내려온 관리치고 수발 기 생 하나 두지 않는 이가 없으니 그리 큰 흉은 아닐 터. 어미가 기 녀였으면 종모법*에 따라 딸년도 갈데없는 기생이건만 뭐 그리 뻣뻣하게 구느냐.”

식지는 온몸에 있는 피가 발끝으로 빠져나가는 듯 눈앞이 아 득해졌다. 도대체 이자가 지금 무슨 말을 하고 있단 말인가? 나 를 제 첩실로 삼겠다는 뜻인가? 의녀로 일하던 월지는 당시

---

* 양인인 아버지와 천인인 어머니 사이에 태어난 자식이 어머니의 신분을 따르던 법.

목사로 있던 사또의 장모를 살려 놓은 공으로 기녀에서 양인으로 신분을 새로 얻었다. 그러니 지금 윤병하가 말하는 종모법이니 관기니 하는 말은 어불성설이다. 그의 말대로 월지에 대한 기록이 엄연히 관아에 보관되어 있을 터다. 책실이라면 누구보다 그런 문서에 가깝게 있는 자가 아닌가? 그런 그가 무슨 속셈으로 이리 나오는지 석지는 짐작할 수 없었다.

"나리 농이 지나치십니다."

석지가 싸늘하게 대답하며 돌아섰다.

"어디서 배운 버르장머리인고! 상전의 하명도 안 떨어졌는데!"

윤병하가 석지의 팔을 낚아채 돌려세우려는데 마침 장작을 부리러 온 노비가 막 뜰로 들어섰다. 윤병하는 노비가 놀란 눈으로 이쪽을 쳐다보자 헛기침을 한번 하더니 슬그머니 석지의 팔을 놓았다. 석지는 이때다 하고 얼른 자리를 떴다.

그날 이후 석지는 요역 나가기가 도살장에 끌려가는 소처럼 괴롭고 두려웠다. 그렇다고 일을 팽개칠 수는 없었다. 석지는 윤병하와 마주치지 않게 조심하면서 활터에 나갔다. 며칠에 한 번씩 들러 궁술을 가르쳐 주는 애옥만이 단 하나의 반가움이었다.

수산진성이 재정비되고 여정들은 그 자리에서 불침번을 서는 새로운 일을 맡게 되었다. 성곽 맨꼭대기 살받이 터라고 불리는 엄폐소에서 바다를 지키는 일이었다. 엄밀히 말해 성곽 재정비가 요역이었다면 불침번은 군역이었다. 잠녀들은 순번을 정해 번갈아 보초를 섰다. 덕분에 물질을 나갈 수 있는 짬이 생겼다. 월지는 그동안 밀린 진상품목을 채우기 위해 부지런히 바당밭으로 나갔다. 물질을 다녀 온 후에는 텃밭을 돌보았다.

시간은 쏘아 놓은 살처럼 흘러갔다. 보름달이 환하게 비치는 밤이었다. 월지와 달래, 순택 어멍이 함께 수산진성에서 불침번을 섰다. 세 친구는 각자 자리에 서서 달빛을 반사하는 밤바다를 지켜보았다. 그때였다. 북쪽 그러니까 성산진성 쪽 하늘이 벌겋게 번지기 시작했다.

"엥? 저게 무슨 불빛이래?"

순택 어멍이 손가락으로 가리켰다. 월지와 달래 어멍이 손가락 끝을 따라 눈길을 돌리다 동시에 소리를 질렀다.

"왜구다! 왜적이 쳐들어왔다!"

성산포구에 내린 왜구는 삽시간에 성산진성을 휩쓸어 버렸다. 모든 병력과 인력이 수산진성 정비 사업에 동원되는 바람에 한동안 성산진성이 텅 비다시피 했다. 이 사실을 귀신같이 알아챈 왜구가 밤을 틈타 급습한 것이다. 남정이든 여정이든 병력이 하나도 남아 있지 않았던 읍성은 순식간에 아수라장이 되었다.

"어서 무기를 들고 성산진성으로 갑시다."

성곽을 지키던 여정들이 월지 앞에 우르르 몰려와 소리를 질렀다. 다들 손에 든 창, 활, 죽창을 머리 위로 흔들며 월지를 쳐다보았다. 불침번 대장을 맡은 월지의 명령이 떨어지기만을 기다리는 얼굴이었다. 월지는 한시도 지체할 수 없다며 앞장서 내달리기 시작했다. 성산진성으로 가는 길목에서 마주치는 마을마다 사람들이 여정들 소리에 깨어나 횃불을 들고 뛰쳐나왔다. 한양에서 내려온 버슬아치가 지키라고 헤서 지키는 성이 아니었다. 섬을 빠져나가 육지에서 달큰한 보리밥 한번 실컷 먹어 봤으면 소원이 없겠다고 노래를 부르던 사람들이었다. 그러나 막상 적이 쳐들어오면 물불 안 가리고 덤벼드는 이들 또한 제주 백성이었다. 어쨌든 척박하고 살기 힘든 섬이나마 제주는 이들의 고향이자 삶의 터전이기 때문이었다.

성산진성으로 난 길에 금세 사람이 불어났다. 누가 불러내지 않아도 모여든 양민들이 앞다투어 성산진성을 향해 내달았다. 집에서 삼베를 쪼개던 석지도 깜짝 놀라 뛰쳐나왔다. 석지는 무리 맨 앞에 가던 어멍을 금방 찾아냈다.

"뭔 일이래요?"

달래 어멍이 대신 대답했다.

"왜구가 쳐들어와 성산진성에 불을 놓았다."

석지가 뭘 물으려고 제 어미 소매에 팔을 뻗는데 월지가 걸음을 멈추고 북쪽으로 난 길을 가리켰다.

"잠시만! 저기 좀 봐!"

거기에는 한 무리의 횃불이 덩어리째 내려오고 있었다. 제주목을 지키던 군사가 틀림없었다.

"조만간 우리 병사들이 성산진성으로 진격하겠군."

마을 사람들은 멈추어 선 세 사람을 지나쳐 성산진성 쪽으로 몰려갔다.

"형님, 뭐합니까? 우리도 얼른 가서 불이라도 꺼야죠."

달래 어멍이 재촉하는데 월지가 손을 번쩍 들었다.

"우리는 포구로 가자!"

"거기는 왜요?"

"지금 북쪽에서 군졸들이 내려오는 걸 왜구도 보았을 거야. 그렇게 되면 분명 다시 포구로 몰려가 배를 타고 도망가려고 하겠지."

왜구는 땅이나 사람을 욕심내지 않았다. 그저 강도질이 목적으로 별안간 쳐들어와서 마을을 쑥대밭으로 만들고 가축과 곡식, 전복 같은 물건을 강탈해 갔다. 어느 때는 솥단지와 미역을 걷어가기도 했다. 욕심낸 만큼 물건을 훔치면 배를 타고 순식간에 사라졌다.

월지가 눈동자를 굴리다 말했다.

"구멍을 내자!"

"무슨 구멍? 어디다?"

"왜적들이 타고 온 배가 포구에 정박해 있을 게 아니야. 왜놈

들은 죄다 뭍으로 올라와 도적질이 한창이니 분명 배는 비어 있을 거야."

왜적선 밑으로 물질해 들어가 구멍을 뚫어 침몰시키자는 말이었다.

석지가 가로막고 나섰다.

"안 돼요! 바람이 너무 세고 파도가 높아서 위험해요! 오늘 낮에 물질도 나가지 않았잖아요."

바람에 머리칼이 흩날리는 딸애의 얼굴을 보던 월지가 말했다.

"뭐라도 해야 한다. 왜구의 침략을 막지 못했으니 불침번이었던 우리 여정도 문책을 피할 수 없을 게야."

왜구는 수산진성이 아닌 성산진성을 약탈했다. 불침번이라해도 성산진성을 지키라는 명령은 아니었다. 그러니 왜구의 침략이 여정의 탓으로 될 수가 없다. 허나 그런 변명이 통할 세상이아니었다. 한양 조정에서 오늘 일을 알면 누구든 책임 물을 사람을 뒤질 게 뻔했다. 제주 목사에서부터 층층이 내려와 아무힘도 결정권도 없는 양민에게까지 그 화가 미치게 되어 있었다. 지금까지 내내 그래 왔으니 월지의 걱정이 무언지 굳이 설명하지 않아도 다들 짐작하고 남았다.

"그래도 안 돼요. 지금처럼 물살이 셀 때 바당에 들어갔다 해류에 휩쓸리기라도 하면……."

석지는 차마 뒷말을 잇지 못했다. 제주에서도 물살이 급하기로 소문난 성산 앞바다였다. 전설에 설문대할망이 한 발은 성산포에, 한 발은 우도에 걸치고 세찬 오줌을 눠서 물살이 세졌다는 이야기까지 전해질 정도였다.

월지가 고개를 세차게 흔들었다.

"배를 가라앉혀서라도 우리 여정이 맞서 싸웠다는 증거를 남겨야 해."

석지가 대거리 할 말을 찾지 못해 우물쭈물하는 사이 월지와 두 동료는 바닷가로 내려가기 시작했다. 월지가 동료에게 구멍 내는 데는 나 한 사람이면 충분하다고 말했지만 잠녀들은 들은 체도 하지 않았다.

"대상군이 물질허러 들어가는데 상군 잠녀가 놀고 있을 수 있수꽈?"

바당에는 제법 큰 파도가 하얀 포말을 일으키며 너울졌다. 그 너머로 왜적선이 횃불을 매단 채 둥둥 떠 있었다.

"짐작보다 파도가 많이 높네. 우선 내가 먼저 들어가 물때를 볼 테니 잠시 기다리게."

월지는 두 동료를 떼어 놓고 물속으로 척척 걸어 들어갔다. 순택 어멍과 달래 어멍은 월지가 부르는 소리만 잔뜩 기다리며 파도에 종아리를 적셨다. 석지는 울음이 터질 것 같았다. 저승의 길목으로 접어들듯 칠흑 같은 어둠 속으로 빨려 들어가는 어멍이었다. 그 광경을 두 손 놓고 바라보자니 애간장이 다 녹을 지경이었다.

'내가 상군 실력만 되었어도 어멍을 혼자 보내진 않을 텐데.'

그러나 지금 석지의 수준으로는 도움은커녕 짐만 될 게 뻔했다. 상군 잠녀인 순택 어멍과 달래 어멍도 머뭇거리는 파도와 물살이었다.

바다에 들어간 월지는 가까스로 물살을 거슬러 왜적선에 닿았다. 물 밖으로 고개를 내밀고 갑판 위를 살피니 짐작한 대로였다. 읍성을 약탈하느라 뱃전에는 한 사람도 보이지 않았다. 월지는 배 옆구리를 뱅뱅 돌며 구멍 낼 만한 데를 찾았다. 두꺼운 목판으로 만든 배에다 구멍을 내는 건 쉬운 일이 아니었다. 멀쩡한 나무판을 뚫기에 월지가 가진 도구가 너무 작았다. 월지는 옆구리에 차고 있던 빗창*을 꺼내 들었다. 관아에서 나눠 주는 어떤 무기보다 이 빗창이 손에 익고 다루기 좋았다. 월지는 물에 불어 틈새가 벌어진 판자를 찾아 배 주위를 몇 바퀴나 돌았다. 다행히 보름달이 눈앞을 환하게 밝혀 주었다. 월지는 자맥질을 해 배 밑바닥을 살폈다. 암초에 부딪혀 금이 간 판자를 찾기 위해 배 밑바닥을 더듬거렸다. 바위 밑둥에 붙은 전복을 찾아내듯 손가락 끝의 감각을 있는 대로 살려 천천히 훑었다.

---

* 주로 전복을 따는 데 사용하는 무쇠로 만든 칼.

'옳지! 여기다!'

월지는 재빨리 판자 사이가 뜬 틈에 빗창을 박아 넣었다. 한참을 끙끙거리던 월지가 물 위로 솟구쳐 휘이익 숨비소리를 냈다. 쪼개 놓은 나무판 사이로 짠물이 흘러들어 가는 걸 확인한 후였다. 월지는 얼른 바닷가 쪽을 바라보았다. 성산진성에서는 아직도 벌건 불빛이 번져 나오고 있었다. 자신을 기다리느라 발을 동동 구르고 있을 석지와 동료들을 찾느라 고개를 쑥 내밀었다.

"순택 어멍! 달래 어멍! 되었어!"

월지는 멀찍이 점처럼 보이는 세 사람을 향해 팔을 흔들다 그만 윽, 하고 물에 잠겼다. 구멍을 냈다는 안도감에 긴장이 풀린 탓일까? 다리에 쥐가 나 하반신이 뻣뻣하게 굳었다. 월지는 얼른 팔을 내저어 육지 쪽으로 헤엄치려 했다. 하지만 세차게 흐르는 급류에 몸이 휘말려 엉뚱한 방향으로 흘러가기 시작했다.

"석지야! 석지야!"

월지는 짠물이 입안으로 들어오는 것도 모르고 딸의 이름을 목청껏 불렀다.

바닷가에 서서 왜구의 배만 건너다 보던 석지가 움찔했다. 석지는 귀신에 홀린 듯 바다로 첨벙첨벙 들어갔다.

"어멍!"

곁에 섰던 두 어멍이 석지의 팔을 잡았다.

"왜 그래?"

"방금 어멍이 절 불렀어요!"

"뭐? 난 아무 소리 못 들었는데?"

"방금 불렀어요. 석지야 하고 불렀어요."

석지가 팔을 뿌리치고 다시 파도 사이를 헤치고 들어가려 하자 잠녀들은 얼른 석지를 막아섰다.

"얘가 어딜 들어가겠다는 거야. 가만있거라. 우리가 들어가 볼 테니."

순택 어멍이 석지를 뒤로 밀며 바다로 뛰어들었다. 달래 어멍은 몸부림치며 덤비는 석지를 꼭 붙드느라 실랑이를 벌였다.

잠시 후, 순택 어멍이 숨을 몰아쉬며 물에서 나왔다.

"물살이 너무 세서 배 근처에도 못 가겠어. 형님은 어떻게 되신 거지?"

순택 어멍이 모래 위에 철퍼덕 주저앉아 신음처럼 말을 토해냈다.

석지는 하얗게 질린 얼굴로 어멍, 어멍 하며 발을 굴렸다. 바다는 석지의 애타는 부름에 아무런 답을 주지 않았다. 다만 파도 사이로 성산진성의 붉은빛에 비친 왜구의 배가 천천히 가라앉는 모습이 보일 뿐이었다.

숨비소리

돌아갈 배가 가라앉은 왜구는 말 그대로 독 안에 든 쥐 신세였다. 제주성에서 나온 병사들에 양민까지 합세해 덤비자 왜구는 혼비백산 도망치기 바빴다. 오합지졸이 따로 없었다. 왜구를 소탕하는 소리가 여기저기서 들려 왔다.

새벽 동이 터 오자 석지는 불턱으로 향했다. 물소중이로 갈아 입고 제대로 어멍을 찾아 나설 참이었다. 석지를 집까지 바래다 준 두 잠녀도 각자 집으로 돌아간 뒤였다. 불턱으로 가는 동안 올레길을 뛰어다니며 수색을 하는 병사와 마주치기도 했다. 병사들은 석지에게 집에 가 있으라는 손짓을 했으나 소용없었다. 한시라도 빨리 바당에 들어가 어멍을 건져 올려야 한다는 생각 뿐이었다. 왜구의 시체가 길 여기저기 널려 있었고, 바닷가에도 파도에 휩쓸리는 시신이 여럿이었다. 하지만 석지는 그런 것에 놀라거나 겁먹을 겨를이 없었다.

'바람이 잦아들었으니 파도도 낮아졌겠지.'

석지는 타는 입술을 빨며 걸음을 빨리했다.

불턱은 썰렁한 바닷바람만 가득할 뿐 아무도 없었다. 석지가 테왁을 내려놓고 막 옷을 갈아입으려 할 때였다.

"너 안 죽고 살아 있었구나."

"에구, 깜짝이야!"

석지는 불턱으로 성큼 들어서는 윤병하를 보고 기겁을 했다. 그는 고쟁이만 걸친 채 알몸이나 마찬가지인 석지를 불이 뚝뚝 떨어지는 눈으로 훑어내렸다. 그의 손에 들린 칼로 봐서는 왜구 섬멸을 위해 병사들과 함께 내려온 듯했다. 윤병하가 칼을 불턱 담벼락에 기대 놓더니 느물느물 웃었다.

"왜구가 성산진성을 휘저어 놓았다고 해서 내 너를 얼마나 걱정했는 줄 아느냐?"

사내가 고슴도치처럼 웅크리고 앉은 석지에게 달려들었다. 석지는 갑자기 덮쳐 오는 수컷의 몸짓에 혼이 나갈 만큼 놀랐다. 그렇다고 이대로 맥 놓고 당할 수는 없었다. 석지는 구렁이처럼 감겨 오는 윤병하의 팔을 뿌리치고 얼른 저고리를 주워 들었다. 석지가 떠미는 바람에 엉덩방아를 찧으며 뒤로 나자빠진 윤병하가 멍한 눈으로 석지를 올려다보았다.

"아직 왜구가 설치는 마당에 이 무슨 추태십니까?"

석지가 경멸 어린 눈으로 내려다보자 윤병하가 벌떡 일어나 석지의 뺨을 후려쳤다.

"이 치도곤을 내릴 년! 내가 이뻐서 오냐오냐 하니까 눈에 뵈는 게 없어?"

석지는 휘청하다 바로 섰다. 따귀를 맞은 뺨이 얼얼하고 귀에서 엥 소리가 났지만 그것보다 눈에서 불이 뚝뚝 떨어졌다. 윤병하는 그런 석지의 댕기 머리를 휘어잡더니 힘껏 비틀었다.

"악!"

석지의 억센 팔이 윤병하의 가느다란 팔목을 거머쥐었다. 윤병하의 얼굴이 일그러졌다. 명색이 사내 꼴을 하고 났으나 그는 책방 서생에 지나지 않았다. 무거운 물건이라고는 기껏 벼룻돌이나 들어봤을까. 물질과 밭일로 뼈가 굵은 석지의 아귀힘에 비하면 섬섬옥수였다. 그렇게 두 사람이 힘겨루기를 하느라 엎치락뒤치락하는데 불턱 담벼락에서 고함 소리가 들렸다.

"아이에게서 당장 떨어지시오!"

뜻밖에도 애옥이 활을 겨누고 서 있었다.

"아니, 다모 아니더냐. 네가 지금 누굴 향해 시위를 겨누고 있는 게야!"

윤병하가 애옥을 향해 성큼성큼 다가들었다. 애옥은 한 발 물러서며 다시 경고했다.

"이 일은 안 본 것으로 할 테니 얼른 동헌으로 돌아가시오. 한양에서 내려온 책실이 여염집 처녀를 겁탈하려 했다는 사실이 밝혀지면 어쩌려고 이러시오!"

윤병하가 코웃음을 쳤다.

"여염집 처녀? 웃기고 있네. 저년이나 너나 관에 속한 관기라는 걸 내 모를 줄 아느냐!"

"제 신분이야 분명 관에 속한 기녀지요. 하지만 석지는 엄연한 양민이오. 그러니 내게 함부로 했듯 저 아이를 더럽힐 생각은 접으시오."

석지는 놀란 눈으로 애옥과 윤병하를 번갈아 보았다. 애옥의 눈에 증오와 슬픔이 차오르기 시작했다.

"뭐야? 기생 따위가 양반을 협박하는 것이냐?"

윤병하가 불턱에 기대 놓았던 칼을 들어 애옥에게 덤볐다. 순간 애옥이 윤병하를 향해 화살을 날렸다. 빳빳한 살이 그의 왼쪽 가슴에 박혔다. 윤병하는 찍소리도 없이 칼을 쥔 채로 엎어졌다. 석지는 숨이 멎을 듯 놀라 입만 벌리고 서 있었다.

"뭐해! 얼른 와 거들어!"

석지와 애옥은 늘어진 윤병하를 불턱에서 끌어내 포말이 부서지는 바닷가에 눕혔다. 애옥이 이미 숨이 끊어진 그의 손에 다시 칼을 쥐여 주었다. 그러고 나서 주위를 둘러보다 저쪽 바위에 걸쳐 있는 왜구의 시신 쪽으로 달음질쳤다. 석지도 얼른 애옥을 도와 시신을 윤병하 앞으로 끌어다 놓았다.

"몸에 박힌 화살을 보면 왜구의 소행이 아니라는 게 탄로 날 텐데."

석지가 겁먹은 얼굴로 애옥을 바라봤다.

"걱정 마라. 내 미리 왜구가 쓰던 활과 화살로 쏜 것이니."

석지는 그제야 애옥이 왜구 시신 곁에 던져 둔 활을 보았다. 생김새가 생경하고 조악한 물건이었다.

애옥은 현장 검증하는 검시관처럼 두 시신이 놓인 모양새와 무기들을 확인하고 돌아섰다. 석지와 애옥은 다시 불턱으로 돌아왔다.

애옥이 물었다.

"이 난리 통에 물질하러 나가?"

석지가 지난밤 있었던 일을 모조리 말해 주었다.

애옥이 놀란 눈으로 고개를 끄덕였다.

"왜구의 배가 침몰했다는 소식은 새벽녘에 들었다만 그 일을 해낸 이가 월지, 네 어멍이었다니."

석지의 눈에 뜨거운 눈물이 불쑥 솟았다. 석지는 눈물을 감추느라 손으로 얼굴을 비비고는 어멍을 찾아야 한다며 다시 물소중이를 집어 들었다. 애옥이 석지의 손을 가만히 잡았다.

"제주 아낙은 그리 허무하게 죽지 않는다. 꼭 살아 있을 거야."

"저도 같은 생각이에요. 그래서 빨리 찾으러 들어가야 해요."

석지 대답에 애옥이 막아섰다.

"어젯밤 물길로 보아 우도로 흘러가 닿았을 수도 있어. 그러니 무모하게 물에 뛰어들지 말고 기다려 봐라. 네 그 조그만 몸으로 바당 속을 뒤진들 어멍이 찾아지겠니."

애옥은 혹시라도 월지가 살아 돌아왔을 때 네가 없다면 어떻게 되겠냐고 했다. 석지는 그 말에 멈칫했다.

"방금 전 일은 너와 내가 죽을 때까지 가지고 갈 비밀이다. 이제부터는 활터건 관아건 마주쳐도 알은 체 말자. 그저 데면데면

한 사이로 아무 의심받지 말자는 소리야."

애옥은 이 말을 끝으로 불턱을 나갔다.

"석지야, 물질허레 가게!"

달래 어멍이 정낭 앞에서 목소리를 높였다. 석지는 물허벅을 물팡에 놓고 테왁을 집어들었다.

"예, 곧 나가게요!"

월지가 왜구선에 구멍을 뚫은 지 두 해가 지났다. 석지는 이제 월지 못지않은 상군 잠녀가 되었다. 석지는 어멍이 어딘가에 분명 살아 있을 거라고 믿었다. 이유도 없고 근거도 없는 짐작이었지만 꼭 그럴 것만 같았다.

'물결을 타고 제주 섬에서 벗어나 바깥세상으로 나갔을 테지. 그래서 다도해 어느 무인도든 갯마을이든 자리를 잡아 놓고 날 데리러 올 날만 손꼽아 기다리고 있을 거야.'

석지는 바당에 나갈 때마다 실려 오는 따스한 바람이 어멍의 숨비처럼 느껴졌다. 석지는 물질하러 들어가며 목청껏 노래를 불렀다. 그 노래가 바람결에 실려 어멍 귀에 닿기를 바랐다.

너른 바다 앞을 재어

한 길 두 길 들어가서

이어도 사나- 이어도 사나-

통합 대합 비쭉비쭉

미역귀가 너훌너훌

이어도 사나- 이어도 사나-

숨막힌 줄 모르는구나

숨막힌 줄 모르는구나

이어도 사나- 이어도 사나-

제주는 예로부터 여성의 존재감이 두드러지는 섬이다. 흔히 해녀라고 부르는 잠녀 또한 제주도의 상징 이미지로 자리하고 있으며 내 개인적인 경험으로도 제주 여성은 타 지역 여성에 비해 뭔가 다른 독특함을 지니고 있다. 물론 이런 발언은 위험성을 내포한다. 제주를 고향으로 둔 여성을 무조건 인내심과 책임감이 강하며 생활력이 뛰어난 이로 일반화하는 강압적 오류를 낳을 수 있기 때문이다.

「불턱둥이 석지」를 쓰면서 이 부분을 가장 경계했다. 물론 제주는 자연환경상 여성의 강인한 생활력이 어쩔 수 없이 요구되는 지역이다. 지금껏 제주 여성을 묘사할 때 그 부분이 강조되었던 것도 사실이다. 하지만 그 보편 이미지가 전부일까? 그 아래 숨겨져 있는 제주 여성, 더 나아가 제주 도민의 삶의 민낯은 어떤 것일까? 나는 작품 줄거리를 짜며 고민에 빠졌다. 내 소설이 이미 굳어진 제주 여성 이미지를 고착화하는 데 일조하는 우를 범하지 않기만을 바랐다. 사람이든 세상이든 한 가지 굳은 시각으로만 재단하고 평가할 때만큼 위험한 일도 없으리라. 여전사라는 확실한 주제 아래 기획된 소설이지만 제주 여성, 그 안에 숨은 면모를 드러내고 싶었다.

조선 초기 유학자의 문집에 남자 대신 집안의 군역을 책임진 제주 여성을 여정이라고 부른다는 기록이 있다. 집안일과 바닷일, 농사일까지 책임졌던 여성이 군역까지 감당해야 했을 때 그들의 생각과 마음은 어떤 것이었을까? 이 이야기는 그런 질문에서 시작된다.

모름지기 작가란 남들이 무심코 스치는 이면에 눈을 돌릴 줄 아는 사람이라고 생각한다. 그 작은 귀퉁이에 인간과 세상의 진솔한 모습이 담겨 있다는 걸 알기 때문이다. 이 짧은 이야기도 그러한 시도 중 하나이다.

상상력으로
되찾은

과거 여성들의
단단한 의지와
따뜻한 연대를

만나는 시간

고진아

현재 향동고등학교 역사교사로 재직 중이며 전국역사교사모임에서 편집부장을 맡고 있다. 『역사교사가 들려주는 친절한 동아시아사』를 함께 썼다. 역사를 가르치는 것만큼 소설 읽는 시간을 사랑한다.

역사 속 여성들의
목소리를 듣다

전근대 여성들은 어떻게 살았을까? 우리가 배운 역사는 남성과 여성이 함께 만들어 온 것이지만 그 안에서 여성들의 삶을 상상해내는 일은 쉽지 않다. 역사 교과서 속 인물들도 남성들이 대부분이다 보니 전근대 여성들의 삶은 마치 외계 행성의 생명체의 삶을 상상하는 것처럼 미지의 영역으로 느껴지기도 한다.

이 책에 담긴 이야기들은 그 미지의 영역에 우리가 한발짝 다가갈 수 있도록 도와준다. 전근대 역사 속 여성들의 애환, 고난, 도전, 연대, 저항을 상상하여 담아 낸 네 편의 이야기는 역사 속에서 여성들도 중요한 역할을 담당했음을, 주체적이고 능동적인 삶을 살았음을 생생하게 보여 준다. 당시 사람들의 숨결, 관계, 감정을 드러내 주고 당시의 사회상에 대한 이해도 넓혀 준다.

철의 왕국 가야, 혁신의 어전사

「미늘갑옷」은 가야를 배경으로 한다. 기원 전후부터 약 600년간 한반도 남부의 연맹 왕국 가야는 오랜 시간 고구려, 백제, 신라와 함께 존재했지만 우리는 흔히 이 시기를 삼국시대라고만 부른다. 가야는 그렇게 역사 속에서 소외되어 왔다. 가야는 풍부한 철광석과 우수한 철기 제작 기술로 정교한 철기 제품을 생산하였다. 특히 생선 비늘처럼 엮어 만든 미늘갑옷은 철을 정교하게 다룰 기술이 있어야 만들 수 있다. 가야의 우수한 철기는 백제, 왜, 중국 등으로 수출되는 인기 품목이었다. 「미늘갑옷」에는 가야인들의 자부심의 원천이었던 철 제련 장면이 섬세하게 묘사되어 '가야 하면 철기'라는 인식이 생생하게 다가온다.

「미늘갑옷」은 자신의 친구인 말 꼴삐의 상처에 공감하고 이를 해결하기 위해 '새로운 방법'을 찾으려는 달래의 시도가 미늘마갑이라는 혁신적인 결과로 이어지는 이야기이다. 아버지 모연의 반대에도 불구하고 철기방을 드나들며 기술을 익히고, 왜 상단과 유리한 조건으로 흥정해내는 달래의 모습은 우리가 빈

약하게나마 상상해 온 수동적인 고대 여성의 모습이 아니다. 타지에서 온 하루라는 인물도 등장하는데 하루를 백제 첩자로 의심하고 멀리하는 마을 사람과 달리 달래는 친구가 되어 함께 새로운 길을 개척해 나간다. 약하고 소외된 존재에 관심을 갖고 먼저 손 내미는 따뜻한 마음을 가진 가야의 소녀 달래를 통해 우리는 철의 왕국 가야의 여성을 친근하게 만나게 된다.

서라벌을 달리던 신라의 원화,
남성 권력에 스러지다

「싸우는 꽃」은 신라 진흥왕의 영토 확장을 배경으로, 화랑과 원화의 존재를 우리에게 보여 준다. 진흥왕은 신라의 영토를 비약적으로 확장시킨 왕이다. 미진부를 비롯한 8명의 장군에게 명하여 고구려의 영토를 빼앗았다는 기록이 있다. 또한 황룡사를 지어 국력을 과시하고 화랑도를 재편하였다는 업적들이 역사 교과서에 쓰여 있다. 진흥왕 시기 만들어진 원화 중 한 명인 준정이 남모의 죽음의 진실을 찾기 위해 헤매는 장면에서 월성과 왕궁, 조원전, 명학루 등 서라벌의 주요 장소들에 대한 묘사가 많이 나온다. 이 덕분에 대도시로 성장해 가던 서라벌의 모습을 한눈에 그려볼 수 있고 오늘날 경주의 역사 유적과 연결해 보는 즐거움이 있다. 비가 오는 날 유삼을 쓰고 말을 타며 서라벌 거리를 달리는 원화의 모습은 상상만으로도 호쾌하다.

'남모와 준정'의 이야기는 특히 극적이라 흥미롭다. 우리에게 화랑은 많이 알려져 있지만 원화의 존재는 낯설다. 그래서일까. 『삼국사기』와 『삼국유사』에 나오는 원화에 대한 짧은 기록을 바탕으로 쓴 이 이야기에 어쩐지 더 마음이 간다. 당시 상황이 실제로 그러했을 것으로 짐작되기 때문이다. 남모와 준정의 죽음의 진실은 알 수 없으나 원화의 존재가 금세 사라진 것으로 보아 반대 세력의 반격이 충분히 있었을 법하다. '우리의 시대가 저물고 있다'는 지소태후의 말은 그전보다 여성의 지위가 많이 내려갈 것이라는 '예언'이 되었고 준정은 함부로 꺾이거나 져버릴 수 없다고 외치지만 결국 낭도들에 의해 죽음을 맞이한다. 진취적이고 탁월했던 원화가 남성 권력(화랑)의 질투와 공격에 스러지는 모습이 안타깝다.

차별과 불의에 맞서 싸우
고려의 수많은 망이와 망소이들

「불을 나르는 소녀」는 앞선 지소태후의 예언처럼 여성에 대한 차별이 더 심해진 고려 시대를 살았던 소녀 '화이' 이야기이다. 그러나 주인공 화이는 잡척과 여성에 대한 차별을 부당하게 여기고 스스로 할 수 있는 일을 찾아 열정을 다한다. 그 곁에는 화이에게 가장 편하고 가까운 사람인 쌍둥이 언니 덕이와, 둘을 따라 의연하게 움직이는 어린 소녀들이 있다. 어른들은 '계집아이들이 겁도 없이 덤빈다'고 걱정하지만 소녀들은 더 기세등등하게 싸울 의지를 벼른다.

그렇다. 화이 이야기는 화이만의 이야기가 아니라 차별과 불의에 맞서 싸우는 소녀들의 눈빛이 형형하게 빛나는 이야기이다.

역사적 측면에서 보면 무신 정권기의 가렴주구, 향·소·부곡 사람에 대한 차별, 망이·망소이의 난과 같은 천민들의 난을 당시 사람들의 목소리로 우리에게 설명해 주는 작품이기도 하다. 망이·망소이의 난은 고려 명종 때 신분제의 타파를 목적으로 공주 명학소에서 일어난 봉기다. 향·소·부곡에 사는 사람들에게 더 많은 세금을 부담하게 하고 일상생활에서 차별이 극심했던 무신 정권기로, 이와 같은 수탈과 차별은 결국 수많은 사람들이 난에 참여하게 만들었다.

역사 교과서에는 망이·망소이의 난이 지도 속 사건명으로밖에 나오지 않지만 분노와 열망으로 두려움과 망설임을 넘어서는 순간이었다.

「불을 나르는 소녀」는 '망이·망소이의 난'이라는 이름 안에 수많은 사람들의 분노, 열망, 눈물과 희망이 담겨 있음을 일깨워 주는 작품이다.

푸른 바닷속 제주 여성들의
용기와 연대

「불턱둥이 석지」의 주인공 '석지'는 이제 막 상군 바다로 나온 제주의 잠녀다. 아직 물질이 서툰 석지의 망사리에 소라, 성게, 오분자기를 어멍들이 보태 준다. 자신의 것을 기꺼이 나누는 제주 여성들의 연대의 일상으로 이야기는 시작된다.

석지 이야기에는 석지 외에도 의연하고 굳센 여성들이 등장한다. 석지의 어머니인 월지는 상군잠녀로 잠녀들의 리더이다. 여정(女丁)으로 요역에 동원되는 와중에도 진상품을 겨우겨우 마련하는 어려움을 감내한다. 그녀는 왜구가 침입해 오자 성산포 차가운 바다에 뛰어들어 왜선에 타격을 가한다. 배를 가라앉혀서라도 여정들이 항쟁했다는 증거를 남겨야 한다며 바다로 들어간 것이다. 어려운 상황을 온몸으로 맞서 이겨 내고 그 정신을 석지에게 물려주고 싶어 한다.

한편 양반 책실이 석지를 희롱하고 모욕할 때 등장하여 석지를 구해 주는 존재, 다모 애옥도 눈여겨볼 인물이다. 군사기술을 연마하는 다모 애옥은 어린 석지에게 이름을 묻고, 활쏘는 법을 알려 준다.

이처럼 우리는 석지 이야기에서도 주인공이 석지만이 아님을 알 수 있다. 많은 여성들이 당당하게 자신의 삶을 살았고, 서로 연대하며 어려움을 함께 이겨 냈음을 짐작할 수 있다.

이 작품을 통해 조선 시대 군역과 공납 같은 세금 부담으로 힘들었던 민중들의 삶과 여정의 존재, 왜구의 침입이 제주 사람들의 일상에 끼친 영향 등을 알 수 있다.

여정은 조선 시대에 군역의 부담을 져야 했던 제주의 여성으로 군역은 남성만의 부담이 아니었다. 거기다 공납의 부담까지 져야 했다. 공납은 지역의 특산물을 정부에 바치는 것으로 지방 관리는 백성들에게 나누어 내게 했지만 개개인의 형편을 고려하지 않는 경우가 많아 조선 시대 세금 중 가장 고통스러운 것이었다. 잠녀들의 사정을 호소해도 들어주지 않는 매정한 관리의 모습이 이 이야기에도 등장한다.

한편 왜구의 존재를 온몸으로 막아 내는 제주 사람들의 모습이 나온다. 왜구는 제주를 빈번하게 침입해 왔고 납치와 살육, 방화와 파괴로 큰 피해를 입혔다. 그때마다 제주 사람들은 힘을 모아 막아 내려고 애쓴다.

그런데 수많은 사람의 희생과 헌신, 노력이 역사 기록에는 제주목사 누구누구의 활약으로 적혀 있는 경우가 대다수다. 우리의 역사는 언제나 소수 지배층의 이름만 영웅으로 남아 있다는 것, 사실은 그 뒤에 수많은 '사람들'이 있었다는 점을 기억하면 좋겠다.

문학으로 만나는 입체적인
역사의 장면들

역사 교과서, 역사 기록의 빈 공간을 상상력으로 채워 내고 있는 이 책 『전사가 된 소녀들』을 통해 우리는 과거 여성들의 주체적이고 능동적인 삶의 여정을 느낄 수 있다. 새로운 길을 개척하기 위해 서로 의지하고 다독이며 함께 나아가는 여성들의 모습을 마주하니 비록 소설이지만 반가운 마음이다.

'여전사'를 테마로 한 네 편의 작품은 모두 여성의 일상이 전쟁과 연결되어 있음을 직간접적으로 보여 준다. 주인공을 비롯해 등장하는 여성 인물들은 적극적으로 전투에 참여하거나 전투와 관련된 행위를 주도한다. 전쟁에서 활약하기도 하지만 각종 노동과 경제 활동을 담당하기도 한다. 거기에는 언제나 서로 손잡고 함께 시대의 어려움을 극복하려고 노력하는 여성들의 당당함이 있다.

이 이야기들을 계기로 과거와 현재, 미래를 열어 나가는 여성들의 목소리를 상상하는 시도가 더 많이 있었으면 좋겠다. 또이 책을 통해 가야, 신라, 고려, 조선 시대 사람들의 일상을 좀 더 가깝게 느끼게 되길 바란다.

모두가 따뜻하게, 평화롭게 공존하려면 다양한 주체와 삶들에 대한 이해와 상상이 필요하다. 여러 제약 속에서도 적극적으로 삶을 개척하였던 과거 여성들의 모습이 소설으로나마 복원

되어 우리 곁에 왔다. 과거 여성들의 삶, 피지배층의 목소리들이
문학적 상상력을 통해 다양하고 입체적인 모습으로 더 많이 복
원되길 바란다.

전사가 된 소녀들
역사테마소설집

ⓒ김소연·윤해연·윤혜숙·정명섭, 2021

초판 1쇄 발행 2021년 6월 30일
초판 2쇄 발행 2022년 5월 16일
지은이 김소연·윤해연·윤혜숙·정명섭
펴낸이 김혜선 **펴낸곳** 서유재 **등록** 제2015-000217호
주소 (우)04034 서울 마포구 잔다리로7길 18(서교동 377-20) 504호
전화 070-5135-1866 **팩스** 0505-116-1866 **대표메일** seoyujaebooks@gmail.com
종이 엔페이퍼 **인쇄** 성광인쇄

ISBN 979-11-89034-40-5 43810